小学館文庫

長篠忠義

北近江合戦心得〈三〉

井原忠政

小学館

目次

◇越前国南部之図

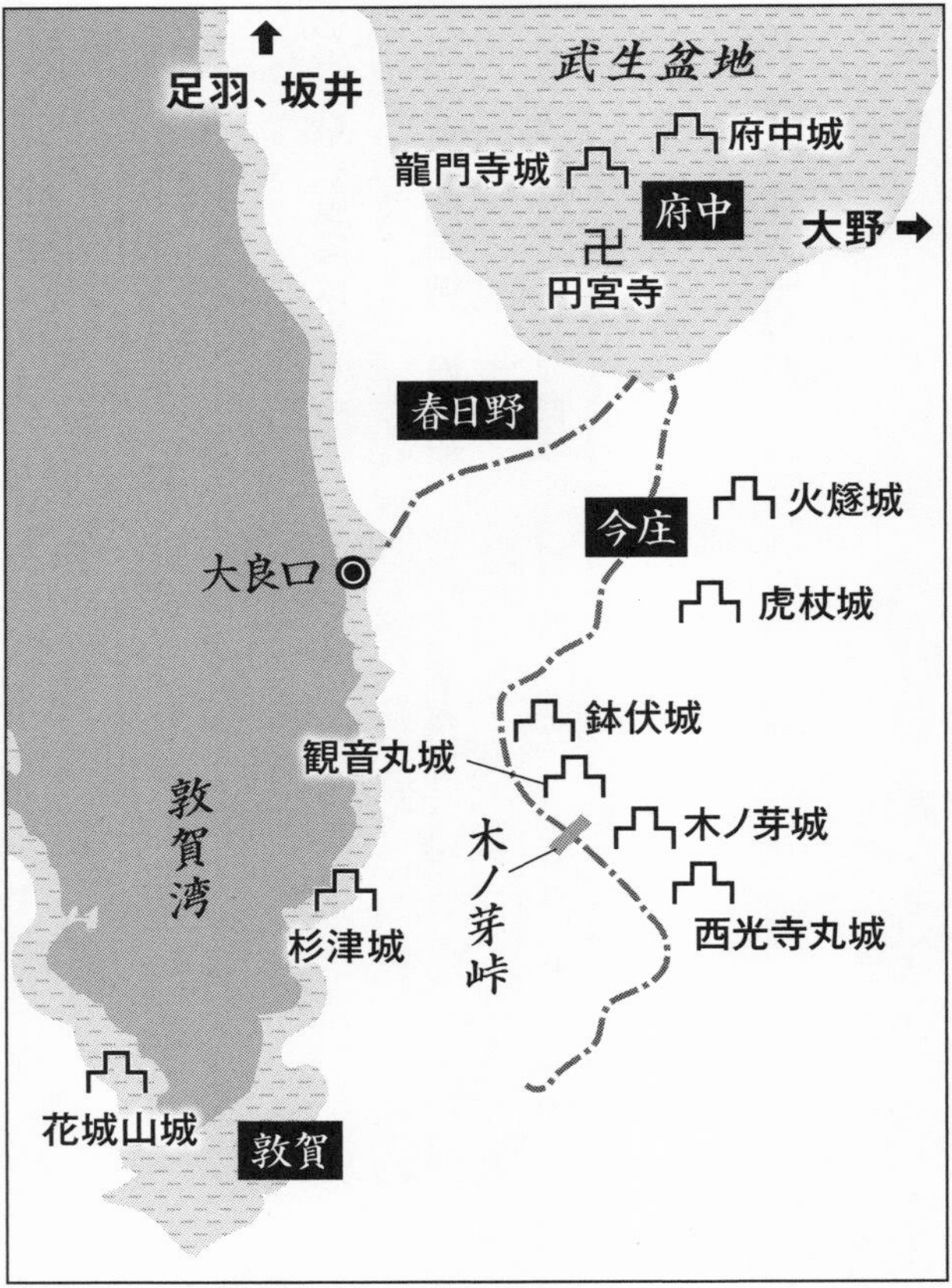
足羽、坂井
武生盆地
府中城
龍門寺城
府中
大野
円宮寺
春日野
今庄
火燧城
大良口
虎杖城
鉢伏城
観音丸城
木ノ芽城
木ノ芽峠
西光寺丸城
敦賀湾
杉津城
花城山城
敦賀

◇設楽原合戦之図

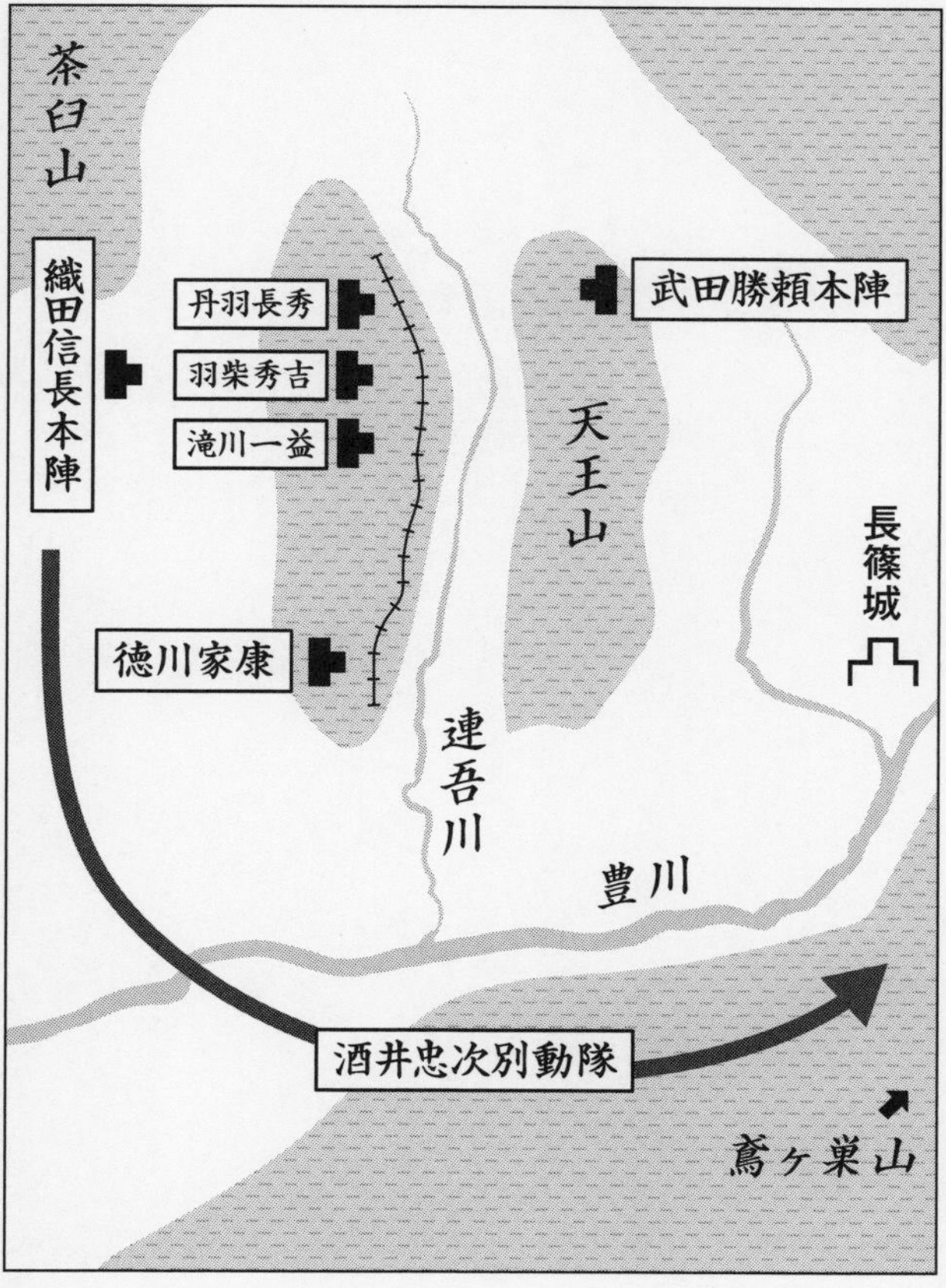
茶臼山
織田信長本陣
丹羽長秀
羽柴秀吉
滝川一益
徳川家康
武田勝頼本陣
天王山
連吾川
長篠城
豊川
酒井忠次別動隊
鳶ヶ巣山

長篠忠義　北近江合戦心得〈三〉

登場人物

大石与一郎《おおいしよいちろう》　浅井《あざい》家家臣・遠藤喜右衛門《えんどうきえもん》の嫡男で、弓馬の名手。浅井家再興のため、「大石」と名を変え羽柴家に仕える。

武原弁造《たけはらべんぞう》　与一郎の家来。六尺二寸の巨漢で、元は関ケ原松尾山の山賊頭。

大和田左門《おおわださもん》　与一郎の家来。元は鯖江の地侍。常に大きな頭陀袋《ずだぶくろ》を背負っている。

大和田宗衛門《おおわだそうえもん》　左門の叔父。越前一向一揆の坊官・七里頼周《しちりよりちか》に仕えている。

於弦《おつる》　与一郎の乳母・紀伊《きい》の義理の娘で、敦賀の女猟師。一度は与一郎と将来を誓い合う。

於市《おいち》　織田信長の実妹で、故浅井長政《ながまさ》の正室。

羽柴秀吉《はしばひでよし》　後の天下人・豊臣《とよとみ》秀吉。与一郎と取引し、長政の遺児・万寿丸《まんじゅまる》を匿う。

藤堂与吉《とうどうよきち》　与一郎、弁造、左門らの足軽組の小頭。後の藤堂高虎《たかとら》。

阿閉万五郎《あつじまんごろう》　与一郎の幼馴染で、秀吉の側小姓。妹・於絹《おきぬ》は秀吉の側室。

片桐助佐《かたぎりすけざ》　与一郎の幼馴染で、秀吉の側小姓。後の片桐且元《かつもと》。

石田佐吉《いしださきち》　秀吉の側小姓。後の石田三成《みつなり》。

義介《ぎすけ》、市松《いちまつ》、倉蔵《くらぞう》　いずれも北近江出身の、与一郎と弁造の同僚足軽。

序章　主人心得《あるじこころえ》

一面の雪景色の中、美しい娘は右腰の箙《えびら》から征矢《そや》を抜き取り、半弓に番《つが》え、与《よ》一郎《いちろう》に向けてキリキリと引き絞った。

「鏃《やじり》にはトリカブトが塗ってある。あんたはんを殺して、私もこの場で喉を突いて死ぬ。しがらみのないあの世で夫婦《めおと》になろう」

ここで娘の感情が弾《はじ》けた。涙があふれ、声が震え出す。でも、矢は正確に与一郎の左胸を狙っていた。

「やめろ於弦《おつる》！　俺にはやり残したことがある。今死ぬわけにはいかん」

「正射必中《しょうしゃひっちゅう》……南無三《なむさん》」

「ああ、ここや、ここや」

羽柴《はしば》家足軽の大石《おおいし》与一郎は、雪の坂道を上る足を止めた。林道の脇に聳《そび》える杉の大木の幹に、深々と残された鏃の痕《あと》を見つけたからだ。

もう一年近く前、今年の初めのこと――与一郎は、将来を誓い合った女から、毒矢を射込《いこ》まれそうになった。

放たれると同時に雪の中へと突っ伏して難を避けたが、矢は背後の立木に深々と突き刺さったのだ。

雪塗《ゆきまみ》れになった顔を上げたときには、すでに於弦は姿を消していた。天に上ったか地に潜ったか、以来彼女の行方は杳《よう》として知れない。

(まったく……あの身のこなしはなんや。まるで猿やな)

於弦は、娘だてらに極めて腕のいい猟師だ。毒矢を巧みに使って熊や猪《いのしし》まで狩る。動きがトロくては務まらない仕事だ。身のこなしもよくなるだろう。

「距離《まあい》は?」

すぐ前で、やはり足を止めた家来の武原弁造《たけはらべんぞう》が振り返り、菅笠《すげがさ》の縁を少し持ち上げて主《あるじ》の与一郎に質《ただ》した。長さ一間半(約二百七十センチ)の六角棒を錫杖《しやくじよう》のように使っている。弁造自身が巨漢だから、長大な得物も違和感はない。

「大体、四間(約七・二メートル)かな」

「四間! 近いですな。ようも御無事で」

「まあな」

間一髪だった。本当に危ないところだったのだ。

「や、ウラには、むしろ羨ましく感じるでござるよ」

後方で鏃の痕を調べていたもう一人の家来、大和田左門《おおわださもん》が、頭陀袋《ずだぶくろ》を背負い直しながら小声で呟《つぶや》いた。頭陀袋――正確には、七福神の布袋《ほてい》が担《い》いでいる袋に近い。この巨大で丸い麻袋《あさぶくろ》からは、ありとあらゆる物が出てくる。煎り豆、煎り米、兵糧丸《ひょうろうがん》などの携行食。薬、晒《さらし》、縄、武器――まるで妖術《ようじゅつ》だ。今までにも幾度かこの頭陀袋に助けられている。

「羨ましいだと？　毒矢を射込まれたんやぞ」

振り返り、左門を睨《にら》みつけた。

「つまり、殺したいほどに、殿のことを深く慕っていたのでござろうよ」

夢見るような目をしながら、小太りの家来がうっとりと呟いた。頭脳明晰《めいせき》な左門だが、大層な夢想家で、純情かつ初心《うぶ》なところがある。

(阿呆《あほ》ッ、能天気なことを抜かすな。トリカブトの毒やぞ。七転八倒《しちてんばっとう》し、最後は痙攣《けいれん》しながら死ぬんやぞ)

与一郎は、左門のあまりに感傷的な発想に辟易《へきえき》しながら、心中で舌打ちした。

止《や》むに止まれぬ事情から、与一郎自身も毒矢を使った覚えがある。旧主浅井長《あざいなが》政《まさ》の忘れ形見、万福丸《まんぷくまる》の首級を奪還するためだ。弁造と二人で織田《おだ》方の刑場を襲い、番兵を六人もトリカブトの毒矢で射殺《いころ》した。

その万福丸こそ守れなかったが、幸い妾腹《しょうふく》の万寿丸《まんじゅまる》が健在だ。万寿丸を押し立て、浅井家を再興することが与一郎の本懐である。本懐達成のために、現在は織田信長麾下《のぶながきか》の秀吉《ひでよし》に、恥を忍んで足軽として仕えている。仇《かたき》の家に仕えるのは内《ない》心忸怩《しんじくじ》たるものがなくもないが、そこはやはり臥薪嘗胆《がしんしょうたん》、堅忍不抜《けんにんふばつ》であろう。

ザザ――――ン。

すぐ傍《そば》で大枝に積もった雪が地上に落ち、重い音をあげた。一拍おいて、冷気がフッと与一郎の女性的な美しい顔を撫《な》でた。

「うう、寒ッ」

思わず両手を頬に当てた。

時は天正《てんしょう》二年（一五七四）の師走。場所は琵琶湖《びわこ》の北岸から続く野坂山地《のさかさんち》の北の端、遥《はる》かに敦賀湊《つるがみなと》を見下ろす里山の中腹だ。

敦賀は海に面しており、北陸にしては雪が少ない――とは言うものの、山に入れば話は別で、結構に積もっている。根雪にもなる。

「この下の谷底には、於弦の猟師小屋があるそうや。行ってみるか？」

弁造と左門が期せずして同時に首を横に振った。行きたくないそうだ。

与一郎は、於弦の猟師小屋を一度見てみたかった。しかし、主人だとは言っても、我儘《わがまま》は言えない事情がある。実は、弁造たちの俸給を出しているのは羽柴秀吉であって、与一郎ではない。雌伏中の足軽に家来に俸給を出す余力などないからだ。鎌倉以来の「健全な御恩と奉公」の関係性とはまた一味違った、変則的な主従関係――与一郎の側にも遠慮がある。

「では、もう帰るか？」

「御意ッ。帰りましょう」

「ああ、熱々の牛蒡汁《ごぼうじる》が飲みたいでござるよ」

二人しかいない家来が、屈託のない笑顔で頷《うなず》いた。性格的には極めて「いい奴《やつ》ら」なのだ。


この夏、織田信長は懸案であった伊勢長島《いせながしま》の一向一揆《いっこういっき》を十二万の大軍で襲い、文字通り壊滅させた。後顧《こうこ》の憂いが無くなった信長である。次には必ず越前《えちぜん》一向一揆を一掃しようとしてくるはずだ。早ければ来春、遅くとも夏までには、越前に兵を入れてくるだろう。越前と国境を接した北近江《きたおうみ》の領主である秀吉は、織田軍の道案内役を兼ねることになりそうだ。そこで現在、必死に越前の情報を集めている。秀吉によれば――

「どんな細けェ話でもええがね。その話が使えるか使えんかは、ワシが判断したる。あれこれ難儀なこと考えんで、な～んでも報《しら》せてきてちょ～よ」

――だそうな。

与一郎主従は、小頭の藤堂与吉《とうどうよきち》に率いられた足軽組とともに、例によって敦賀の山中にある木村喜内之介《きむらきないのすけ》邸に長逗留《とうりゅう》、秀吉が喜びそうな越前情報を探っていた。喜内之介は、於弦の父親であると同時に、与一郎の乳母である紀伊《きい》の再婚相手でもある。富裕な地侍で、主に林業で生計を立てていた。

本来なら、敦賀花城山城《はなしろやまじょう》で織田家の孤塁を守る武藤舜秀《むとうきよひで》を頼ればいいのだろうが、秀吉は花城山城への逗留を許さなかった。武藤と秀吉は、同じ織田家の同僚だが、同時に競争相手でもある。ともに信長から越前方面の情報蒐集《しゅうしゅう》を期待されているなら、秀吉の家臣である藤堂や与一郎の活動に、武藤が協力的とは限らない。むしろ邪魔をされたり、良い情報を盗まれたりすることも考えられる。

「だから、おまんの乳母の家を拠点にする方が、色々と塩梅《あんばい》ええのだがね」

と、秀吉は笑った。

その木村邸への帰途、雪の林道を下りながら、弁造が与一郎に諫言《かんげん》した。

「殿、癇癪《かんしゃく》を起こされてはいけませんよ」

昔からの付き合いである弁造としては、随分控えめな物言いである。

「安心せい。癇癪など起こさんわい」

「では申し上げます。身共《みども》、思いまするにですね」

「おう」

「於弦殿……殿の奥方には向かぬのでは？」

「はあ？」

思わず足を止めた。弁造と左門も立ち止まった。

「藪《やぶ》から棒やな。急になんや」

主従の間で於弦の話をするとしたら、大抵は毒矢絡みであり「与一郎の妻としての適格性」などについて話題となったことは一度もなかったのだ。

（おいおい弁造、なんのつもりや？）

弁造が言うには、於弦はあまりに気性が激しく、自己主張が強く、あまつさえ物騒な毒矢の使い手なので——武家の妻には「不向きではなかろうか」と常々案じていたらしい。

「ちなみにこのこと、左門ともよくよく話し合い、同心致しておりまする」

「左門は於弦に会ったことがあるのか？」

「ござらんでござるよ」

「阿呆。ござらんでござるよではないわ。会ったこともない女を、どう判断する？　反対する理由も、賛成する理由もおまいにはなかろうよ」

さすがに呆《あき》れた。

「や、ま、それはそうなのでござるが……」

と、決まりが悪そうに、鬢《びん》の辺りを指先で掻《か》いた。

「又聞きではあるにせよ、あまりにも気質が苛烈にすぎるでござる。亭主となる者と反目する一向一揆に身を投じるとか、ましてや毒矢を射込むなどと……尋常ではないと判断したでござる」

「毒矢は、於弦なりの冗談や。本気ではなかった。戯れに矢を射ただけや。痴話《ちわ》喧嘩《げんか》みたいなもんや」

これは大嘘だ。家来にやり込められそうになって苦し紛れに嘘をついた。実際に鏃を向けられればわかる。あの時の於弦は、殺す気で毒矢を射込んできたのだ。

「いえいえ、そんなはずはござらん」

主人の大嘘はすぐにばれた。

「鏃は杉の幹に深々と一寸半（約四・五センチ）は突き刺さっていたでござる。あれは本気で殺す気だったのでござるよ」

「う……」

ま、その通りであろう。

「殿の出世は、身共と左門の将来をも左右致しまする」

弁造が左門から話を引き継いだ。

「伴侶選びも慎重にお願い致しまするぞ」

与一郎、弁造、左門――主従三人の間柄は現在のところ良好だ。決して厳格ではないが、最低限の礼節は保たれており、与一郎は今の距離感を心地よく感じていた。今後、与一郎が妻を迎えれば、新たに四人の人間関係を構築せねばならなくなる。弁造と左門の危惧《きぐ》もあながち杞憂《きゆう》とは言えない。

「わ、分かっとるわい」

不快げに答えて、与一郎は雪道を下り始めた。小なりといえども、与一郎は一家の頭領である。己が想《おも》いだけで妻を選ぶことは許されない。

第一章　風雲は東から

一

天正二年（一五七四）十二月、今の越前国の支配者は、一向一揆の衆である。昨年の夏、織田信長は朝倉義景《あさくらよしかげ》を滅ぼした。その後、桂田長俊《かつらだながとし》や富田長繁《とんだながしげ》が統《す》べた混乱期を経て、今年の春頃までには、越前も一向一揆が——唯一織田方の武藤舜秀が頑張る敦賀花城山城を除いて——全権を掌握《しょうあく》した次第である。

ただ越前一揆は「百姓の統べる国」とは名ばかりで、本願寺《ほんがんじ》と加賀《かが》一向一揆の強い影響下にあった。顕如《けんにょ》が越前守護に任じた下間頼照《しもつまらいしょう》の指揮下、大野《おおの》郡司の杉《すぎ》浦玄任《うらげんにん》、足羽《あすわ》郡司の下間頼俊《しもつまらいしゅん》、府中《ふちゅう》郡司の七里頼周《しちりよりちか》等々、大坂《おおさか》や加賀から来援した坊官たちが、苛政《かせい》を敷き、専横をほしいままにしていたのである。

彼らは滅ぼした朝倉旧臣の領地を簒奪《さんだつ》接収し、さらには織田軍の侵攻に備えるためと称して重税や過酷な賦役《ふやく》を課したから、越前の国衆《くにしゅう》や農民衆からの評判はすこぶる悪い。先月、閏《うるう》十一月には、国衆たちが一斉に蜂起《ほうき》したが、坊官たちはこれを無慈悲に鎮圧した。

「大坊主共による苛政と専横が、ここ越前には蔓延《まんえん》しておる」

囲炉裏の炎に手をかざしながら、小頭の藤堂与吉が呟いた。

与一郎主従を含めた藤堂の足軽組十人は、羽柴秀吉の命を受け、敦賀の木村喜内之介の屋敷を根城に、越前の情勢を内偵中だ。

「国衆や百姓は『桂田や富田の時代となに一つ変わらん』と、愚痴《ぐち》っておりますな。『暴君の頭に、髷《まげ》があるかないかの違いだけ』だそうですわ」

己が伸びかけた坊主頭を撫でながら弁造が笑った。

「坊主共から人心が離れとるのは、織田家にはむしろ好都合やろ」

と、藤堂が皮肉な笑みを浮かべた。

「来年の春か夏、織田が三万の軍勢で越前に入ったとして、弥陀《みだ》のために命を懸けて戦う越前衆は幾らもおらんやろ」

「そうですな。仏と人の仲立ちをするはずの坊主共が欲深で傲慢とくれば、誰もゆうことをききませんわ」

弁造が小頭に同調した。

「な、与一郎」

藤堂が与一郎に顔を向けた。

「はい」

「ワシは、秀吉公に二つの事を伝えようと思う。一つは、越前衆の心が一向一揆からは離れとるとゆう事実や、ま、これはええわな」

「はい」

「もう一つは道や」

敦賀や海沿いの土地は然程《さほど》でないが、内陸に入ると、やはり越前は豪雪地帯である。雪は深く積もり、湿って重い。春先の雪解けの頃は、大層道がぬかるむから、三万の織田勢が泥濘《ぬかるみ》をまぜ返せば、偉いことになりそうだ。

「せめて山越え、峠の界隈だけでも、道を普請《ふしん》する必要があろう」

「なるほど」

与一郎は頷いた。行軍に影響が出ては一大事だ。ただ、秀吉が道の普請を上申すれば、信長はすぐにもこれを許すような気がした。信長にはそういうところがある。この夏の長島一向一揆討伐戦で、彼は残虐非道な一面を見せた。

「女子供を含めて二万人を城ごと焼いちまった。そんな無茶苦茶、神武《じんむ》以来聞いた覚えがないわ。明らかに信長様はやり過ぎや」

人の焼ける臭いを嗅いだ与一郎は、反吐《へど》を吐きそうになったものだ。

「ただ一方で信長様は、百姓や商人からの評判がええ」

織田領の年貢は穏当で、賦役も無茶はさせない。商人たちは楽市楽座で大儲けしている。織田領内の庶民は──俄《にわ》かには、信じられないことだが──あの悪鬼のような信長を慕っているらしい。

「反抗する者には鬼の顔を見せるが、尻尾を振る者には菩薩《ぼさつ》の顔をみせるんや。それが信長様や」

山道を整備するのが、たとえ戦《いくさ》のためであったにせよ、実際にそれを使う地元の庶民は大いに喜ぶはずだ。また、信長の人気が高まるのだろうか。

「ウラは、思うのでござるが」

左門の見立てによれば、信長は「富を生む源泉が、百姓と商人」であることを見切っている。今の言葉で言えば、生産と流通でもあろうか。反対に、威張り腐っている武家や僧侶の方が、その実「なに一つ生み出していない」ことに気付いているのだという。

「信長公、天下を獲《と》るまでは、我らのような武士を使うでござろうが。一旦天下を手中に収めれば、武家などはお払い箱で、案外、百姓と商人の世がくるのかも知れんでござるよ」

と、左門は予言した。

「しかし、信長様にも家来は必要やろ？」

「ま、年貢の取り立てと管理に千人、門番や泥棒を捕まえる役人が千人も居れば十分なのでござろう」

今夏の長島一向一揆討伐に、信長は十二万の将兵を動員した。徴税官吏《ちょうぜいかんり》と衛士《えいし》が二千人とすれば、十一万八千人の武士は改易《かいえき》の憂き目に遭いそうだ。

「武家が居らんで、誰が天下国家のことを考える？」

与一郎が真顔で質した。

「ですから、総じてモノ事を考えるのは『自分一人で十分や』と思うておられるのでござるよ」

「尊大な。なに様のつもりか」

与一郎は憤慨した。

彼らも織田家の一員ではあるのだが、直接の主人は秀吉であり、以前は浅井家に仕えていた者が殆《ほとん》どだ。自然、信長への礼は薄い。忠誠心はもっと希薄だ。

「ふん。ワシらは用無しかいな」

藤堂が嘆息を漏らした。

「そうはゆうても、織田が天下を獲るのは、まだ大分先でござろうから。それまでは、我らも雇うてもらえるのでござる」

「まあな。それまで身共たちが生きておられるのかも分からんしな」

弁造が寂しげに笑った。

「然様《さよう》でござるよ」

左門が頷いた。

藤堂は、その夜のうちに秀吉への報告書を認《したた》めた。

翌朝、足軽組の中では最も健脚の市松《いちまつ》と義介《ぎすけ》に書状を託し、小谷城《おだにじょう》へと向かわせた。敦賀から小谷までは、ほんの九里（約三十六キロ）ほどである。途中の峠越えも、雪の季節とはいえ然程には厳しくない。片道一日、小谷城に一日逗留したとしても、三日後には秀吉に書状を届け、新たな命を受け、敦賀まで戻ってこられるだろう。

その夜、与一郎たちの寝所に、紀伊が訪ねてきた。

紀伊は元々、与一郎の乳母である。当時は、近江国須川城主遠藤家《すがわじょうしゅえんどう》に仕える武士の妻で、与一郎の母が産褥《さんじょく》で亡くなった後、乳飲子《ちのみご》の彼に乳を与えた。夫と死別した後に、ここ敦賀の地侍、木村喜内之介の後妻に入ったのだ。於弦は喜内之介の前妻の娘であり、紀伊とは生《な》さぬ仲ではあるが、母娘としての信頼関係はある。与一郎にとっての紀伊は、まさに母親同然であった。その紀伊が、夜分に訪ねてくるからには、話の内容は於弦のことであろう。木村邸に入って五日ほど経《た》つが、与一郎たちが毎日忙しく出歩いていたこともあり、こうして紀伊と親しく話すのは初めてのことであった。

先日雪山で、弁造と左門は「伴侶選びも慎重にお願い致しまするぞ」と与一郎に求めた。やはり気になるのだろう。与一郎は、紀伊との話し合いの場に、二人の家来を同席させることにした。

「本当に聞き分けのない娘で、申しわけないことでございまする」

まずは紀伊が、平伏して丁寧に詫《わ》びた。

「や、於弦殿との約定《やくじょう》を反故《ほご》にしたのは俺の方や。無論、気まぐれや私利私欲からのことではないが、あの時の於弦殿は大層腹を立てておいでやった」

夫婦約束を反故にされて、腹を立てるのは当然だ。怒り心頭、可愛さ余って憎さ百倍、毒矢を射込もうとしたところまでは理解しよう。

問題はその後だ。

「でも、どうして一向一揆などに身を投じられたのか。於弦殿は以前より弥陀への信仰を持たれていたのか？」

紀伊は首を横に振った。やはり於弦の一揆参加は、与一郎への面当てなのだろう。与一郎と紀伊は、互いに押し黙ってしまった。

「それで……」

気まずい沈黙に耐えきれなくなった弁造が、紀伊に質した。

「於弦殿の、消息などは……」

「一度だけ、越前府中の一揆衆に弓名人の娘がいると微《かす》かな噂を耳にしたことがございまする」

「おお、府中でござるか」

左門の頰《ほお》が緩んだ。

元は、越前の狂犬こと富田長繁が、信長から封じられた土地である。やや北にある鯖江《さばえ》で生まれ育った左門には、ほとんど地元のような場所だ。

「あの、与一郎様?」

紀伊がおずおずと質した。

「うん?」

「与一郎様の御本心を、乳母にお明かし頂きとうございます」

「つまり、俺の於弦殿への想いとゆう意味か?」

紀伊が泣きそうな顔で、幾度か頷いた。

「こ、困ったなァ」

と、二人の家来を窺《うかが》ったが、即座に視線を外された。

(ま、最後は俺が決めることやが……弁造と左門は、俺が於弦を娶《めと》ることに反対の立場や。そら目を逸《そ》らすやろ。於弦、奥方には向かんからなァ)

「な、紀伊よ……」

紀伊の気持ちと於弦の名誉を毀損《きそん》せぬよう、できるだけ言葉を選んだ。

「信長公の越前侵攻は近い」

来春か、遅くとも夏頃までには攻めてくるだろう。三万の精鋭だ、今の越前国はバラバラである。統括すべき坊官たちには、その能力も意志もなく、只々《ただただ》己が保身と蓄財に奔走しているに過ぎない。とてもではないが、士気の高い織田勢を敵に回して戦える状態ではない。おそらくは、まともな戦にはならない。一方的な殲滅戦《せんめつせん》になるのだろう。

「俺は、於弦殿の居場所を突き止め、できれば織田勢の侵攻が始まる前に、於弦殿を一揆から連れ出し、おまいら夫婦のもとへ連れ戻したいと思うとるんや」

「ありがたいことです」

と、紀伊が涙を拭い、小声で謝意を示した。

「俺と於弦殿が夫婦になるのか、ならぬのかは、その後に話し合う……とゆうことにはしてくれんかのう」

「分かりました。お言葉の通りに致しまする」

少し考えてから紀伊が同意した。

於弦が一揆軍に身を投じたのは、与一郎の約定反故が原因だ。目下の与一郎の役目は、とりあえず於弦を親許《おやもと》へと連れ戻すことだろう。夫婦になる約定をどうするかは、その後のことだ。

ここで与一郎は再度、弁造と左門を見た。

弁造と目が合った。元山賊である大柄な家来が深く頷いて見せた。その隣で左門が微笑《ほほえ》んでいる。

（どうやら、ええ感じらしいな）

二人の家来から及第点を貰《もら》った与一郎、ホッと胸を撫で下ろした。

二

市松と義介は四日をかけて、小谷から敦賀までの道を往復した。三日の予定が一日多くかかったのは、やはり雪の野坂峠越えで難渋したからだ。

二人が持ち帰った秀吉の指令書には、庶民の評判を吟味すべき人物、潜伏すべき土地が具体的に示されていた。坂井豊原寺《とよはらじ》の下間頼照、大野亥山城《いやまじょう》の杉浦玄任、越前府中の七里頼周、足羽郡司で下間頼照の倅《せがれ》でもある頼俊である。

「手分けして探ろう」

と、藤堂が方針を示した。

「二、三人の組を四つ作り、それぞれ豊原寺、大野、府中、足羽に派遣する」

藤堂自身は、敦賀の木村邸に居残り、秀吉と連絡を取り合い、各地から集まる情報を取りまとめ、指示を出すことになった。

「藤堂様」

与一郎が発言を求めた。

「それがしの組は、越前府中に行かせて頂けませぬか」

「なぜ、府中に？」

「それはですな……」

正直に本音を言えば「於弦の消息を知りたいから」なのだが、藤堂にそんなことは言い難《にく》い。公私混同と叱られそうだ。

「実は左門の出自は、鯖江の地侍にございます。鯖江と府中は隣町、土地勘もあれば、知り合いも多い由にございます」

傍らで、左門が盛んに頷いた。別段、打ち合わせをしていたわけではない。話の流れを読んで、頷いてくれたのだ。この気働き――弁造共々「自分には過ぎた家来だ」と与一郎は神仏に感謝した。ただ「里帰りしたいだけ」だったのかも知れないが。

「ほう、それは好都合やな」

早速藤堂が食いついた。

「では、おまいの組には府中の七里頼周の探索方を頼もうか」

「はい。心得申した」

意外と簡単に決まった。

「ついては、一つ頼みたいことがある」

と、小頭が与一郎の顔を覗き込んだ。

「越前府中に赴く道だがな、木ノ芽峠《きのめとうげ》を通って欲しい」

「ああ、北陸往還をね……」

困惑した与一郎は、ちらと弁造と左門を窺ってみた。弁造は小首を傾《かし》げ、左門は蟀谷《こめかみ》の辺りをポリポリと掻くことで答えた。二人とも、あまり乗り気ではなさそうだ。

標高二百丈（約六百メートル）余の木ノ芽峠は、往時の北陸道、最大の難所として知られる。近傍にある鉢伏山《はちぶせやま》から北西の強風が吹き下ろし、旅人を大いに苦しめた。さらに今は雪の季節だ。敦賀から越前府中に行く者は、大概、海沿いの道を北上する。

余談だが、この数年後には、新越前領主の柴田勝家《しばたかついえ》により、栃ノ木峠《とちのきとうげ》を越す、より安全な北陸道が開通した。現代の国道三六五号線である。

「確かに、苦労はすると思う。危険やとも思う」

藤堂は腕を組み、しかめっ面をして溜息を漏らした。

「だがな、木ノ芽峠には一向一揆側の山城が……ま、砦《とりで》に毛の生えた程度のものらしいが、四基も連なっとる」

北陸道に沿って、わずか四半里（約一キロ）ほどの尾根筋に、点々と南北朝時代や朝倉時代に築かれた砦が並んでいるそうな。木ノ芽峠を挟み込むようにして、観音丸城《かんのんまるじよう》と木ノ芽城が目を光らせ、さらに数町を隔てた両翼を、鉢伏城と西光寺《さいこうじ》丸城《まるじよう》が固めている。四城は互いに連携を取って戦うだろうから、越前府中へ向かって進軍する織田勢にとっては、厄介な関門となりそうだ。

秀吉は、越前と国境を接する北近江の領主だ。来年早々にも織田勢が越前へとなだれ込んだ場合、信長の道案内役を務めねばなるまい。「あそこに関してはよう知りません」では済まないのだ。木ノ芽峠の砦群については、是非にも知っておきたいのである。

「つまり、芝見《しばみ》をしてこいとゆうことですな？」

「や、芝見などとは思っておらん」

藤堂が少し慌てた。

「今は足軽でも、おまいは元々歴《れつき》とした士分や。花も実もある須川の領主や。これは敵城の視察である。物見の積もりで行ってくれ」

芝見は草屈《くさかまり》と同義だ。足軽や乱破《らっぱ》、水破《すっぱ》など下級の者による斥候《せっこう》任務を指す。対して物見は、戦術眼のある士分による斥候で、後世の将校斥候に近い。

(俺たち主従三人には若さがある。弁造は気力体力無双やし、左門は北国の生まれで雪に慣れとる。雪の木ノ芽峠を越す物見役なら、俺たちが一番向いとるのやも知れんなァ)

与一郎は、もう一度だけ弁造と左門を窺った。今度は二人とも、不承不承《ふしょうぶしょう》ではあるが頷いてくれた。嫌は嫌だが、自分たちが行くしかあるまいと観念してくれたようだ。

「では、仰《おお》せの通りに致します」

「そうか。いつ発《た》てる？」

「今宵《こよい》はよう晴れて、月が出ておりまする」

雲一つない夜空に、寝待月《ねまちづき》がようやく顔を出した頃である。

「明日は必ず晴れましょうから、明朝早くに発ちとうございます」

「話が早くてええな」

「善は急げと申しますから」

藤堂の前を辞すと、与一郎は一人で紀伊の居室を訪ねた。府中で於弦を捜《さが》すつもりであること、もし会えたら、敦賀の実家に戻るよう掻き口説《くど》こうと思っていることを紀伊に告げた。

「於弦殿がこの家を出た元の元は俺や。勿論《もちろん》、俺の口で諫《いさ》めるつもりやが、母親としておまいからも一筆認めてはもらえんやろか」

「でも、なんと書きましょうか？　母親といっても妾《わたし》は継母《ままはは》やし」

紀伊が心細げに呟いた。

「おまいの於弦殿への正直な気持ちを書いたらええ。娘と共に暮らしたいと、それだけでええ。喜内之介殿の様子なども書き添えたら、ゆうことなしや」

「……へえ」

翌朝までに紀伊は長い書状を認め、与一郎に託した。喜内之介と相談しながら直し直し書き上げた由。与一郎は、雪に濡れてはいけないので、手紙を桐油紙《とうゆがみ》に包んだ上で押し戴《いただ》き、懐《ふところ》へとしまった。

「かならず於弦殿を見つけ出し、この書状を手渡す」

「宜《よろ》しくお願い致します」

寝不足、かつ泣き腫らした赤い目で、紀伊が深々と頭を下げた。

三

三人は敦賀を発ち、北陸道を北へと歩いた。昨夜の見込み通りで、やはり快晴だ。風もなく穏やかな冬の一日になりそうである。

「ええ天気やなァ。幸先《さいさき》がええなァ」

「殿、晒をもっと上げねば雪目になるでござるぞ」

左門が窘《たしな》めた。三人は顔に晒を巻いている。目だけを細く出して、強い反射光があまり目に入らないようにする北国の知恵だ。これを怠ると目を傷める。

与一郎と左門の旅装束は——重ねの小袖《こそで》に羽織、たっつけ袴《ばかま》に雪沓《ゆきぐつ》を履《は》いた。手甲脚絆《てつこうきやはん》に蓑《みの》と菅笠、腰には大小を佩《お》びている。旅の下級武士といった風体《ふうてい》か。

与一郎の出自は旧浅井家の被官で、身分は徒士《かち》。主家を滅ぼした織田家に遺恨があり、一向一揆に身を投じて信長と戦おうと越前まで流れてきた——そんな設定にしてある。

(織田家の間者《かんじゃ》ともゆえんしな)

それに与一郎の信長に対する深い遺恨は紛れもない事実だ。つまり、まんざら嘘八百というわけでもない。

（浅井家の再興が成った暁《あかつき》には……みとれ信長、貴様の脳天に毒矢を射込んでくれるわ）

左門の設定はこうだ。生まれも育ちも鯖江だが、与一郎と意気投合し、今は行動を共にしている。勿論、与一郎は大弓を抱え、左門が大きな頭陀袋を肩に背負っているのは毎度のこと。

一方の弁造は、元比叡山《ひえいざん》の僧兵、これまた信長への復讐心に燃えて越前にやってきたとの体だ。信長による叡山焼き討ちは、三年前の元亀《げんき》二年（一五七一）九月だから、現在、大体二十七、八歳の弁造なら大きな矛盾は無かろう。僧体に網《あ》代笠《じろがさ》、六角棒を錫杖代わりに突いている。大体二十七、八歳――山中に捨てられ、物心がつく頃には、もう山賊の手先として走り回っていた彼は、正確な自分の生年月日を知らない。

敦賀から木ノ芽峠までの北陸道は迷う心配がなかった。笙《しょう》ノ《の》川《かわ》と合流して敦賀湾へと注ぐ木ノ芽川を、只々遡《さかのぼ》ればいいだけだ。山間《やまあい》の道は雪もさして深くなく、勾配《こうばい》も緩やかで大層歩き易《やす》かった。

ザック。ザック。

三人の雪沓が、薄く凍った雪の表層を踏み抜く音が淡々と続く。吐く息が白く漂って、青い空へと上っていった。

ジュンジュン。ジュンジュン。

梢《こずえ》で歌う四十雀《しじゅうから》の地鳴《じな》きである。後一ヶ月《ひとつき》もすれば、美しくも鮮烈な囀《さえず》りを始めるはずだ。

二里（約八キロ）ほど歩くと、木ノ芽川の水量は乏しくなり、やがて流れは雪の下へと消えた。

その源頭《げんとう》から北に四半里（約一キロ）進んで、百丈（約三百メートル）上れば木ノ芽峠である。四半里で百丈は結構な急登《きゅうとう》だが、道は大きく蛇行して少しずつ上るから、雪道であっても然程にはへばらない。

ただ、上るに従い徐々に北西の風が強くなってきた。四十雀の地鳴きの声も、いつしか聞こえなくなっている。

「荒れるのかな？」

風除けを兼ね、巨漢の弁造に先頭を歩かせている与一郎が足を止め、空を見上げた。

「そのようですな。ほれ」

と、弁造が指さす西の空には黒雲が湧き始めている。

「急ごう」

三人は坂を上る足を速めた。

尾根筋に出ると、まず西光寺丸城が見えてきた。城と言っても、道から土塁《どるい》の頂までの高さは七丈（約二十一メートル）ほどでさして高くはない。ただ、斜面はどこも切岸《きりぎし》（人工の崖）となっており、ほとんど垂直の壁だ。そのさらに上は、頑丈そうな丸太の柵で守られていた。

「そこの三人、暫時《ざんじ》待たれよ」

矢倉を戴いた城門から、声がかかった。三人は足を止めた。門扉《もんぴ》がわずかに開き、兜武者《かぶとむしゃ》に率いられた十名ほどの槍《やり》足軽が駆け出してきて、与一郎主従を取り囲んだ。一揆勢とはいっても、恐らく農民兵ではあるまい。畳具足《たたみぐそく》に陣傘《じんがさ》をかぶり、持槍で武装している。槍の構え方も、具足の着こなしも堂に入っている。

（まだ織田勢は越前に攻め込んですらおらんのや。然程に厳しい詮議《せんぎ》を受けることもないやろ）

そう高《たか》を括《くく》ることで、緊張を緩和させた。

「どちらへ行かれる？」

見れば、立派な口髭を蓄えた中年の兜武者だ。甲冑《かっちゅう》はかなり古い物で、胴や板《いた》札《ざね》には所々錆《さび》が浮いている。地侍の砦番といったところか。

「越前府中まで参る」

与一郎が声を張って答えた。

「七里三河守《みかわのかみ》（頼周）様の陣に加えてもらい、憎き信長と戦う所存にござる」

「言葉を聞く分には、越前衆とも思えぬが？」

「元は浅井家被官にござる。主人備前守《びぜんのかみ》（浅井長政）の弔《とむら》い合戦を所望しておりまする」

「なるほど」

兜武者は少し考えていたが、やがて「御武運を」と言って解放してくれた。

四基の砦は、北陸道に沿って東から順番に、西光寺丸城、木ノ芽峠城、観音丸城、少し離れた高台に鉢伏城と並んでいた。中で、最も攻略に苦労しそうなのは鉢伏城であろうか。ただそれも、単に土塁が他より高い程度の理由であり、鉄砲隊を同道した数千の織田勢に攻められれば、よほど頑張っても一刻《いっとき》（約二時間）以内に落ちるように見えた。

与一郎主従は、雪の尾根筋をわざとゆっくりと歩きながら、各砦の規模や土塁の高さ、矢倉の数や配置、人の気配などを観察した。

「ま、こんなものやろう」

空が暗くなり、風が益々《ますます》強まってきた。菅笠と蓑が風をはらんで大層歩き難いが、もし雪でも降ってくれれば、笠と蓑は是非必要になってくる。ここで脱ぎ捨てるわけにはいかない。

今後は尾根から下って今庄《いまじょう》宿に一泊することになりそうだ。今庄は、敦賀から越前府中に赴く道の中間地点に当たる。木ノ芽峠から今庄宿までは、三里（約十二キロ）ほどある。

杉林の斜面を下っているとき、遂《つい》に雪が降り始めた。強風に煽《あお》られ、横殴りに吹きつけてくる。雪と風が、容赦《ようしゃ》なく三人の体温と体力を奪っていった。極端に視界が悪くなり、ちゃんと道を歩いているのかさえ怪しい。この吹雪の中、迷ったら偉いことになる。

「駄目でござる。闇雲に進まず。どこかで雪宿《ゆきやど》りするでござる」

雪国育ちの左門が、風の中で叫んだ。

「ゆ、雪宿りやと？」

雨宿りなら聞いたこともあるが――ま、意味は通じる。

左門は、件《くだん》の頭陀袋の中から小型の鋸《のこぎり》を取り出し、木立の中へと入っていった。枝の混みあった細めの杉を選んで、雪面から四尺（約百二十センチ）ばかりの高さで切り始めた。

「薪《まき》にでもするのか？」

「それは後でござる。まずは小屋を建てるでござるよ」

シーシーと幹を鋸で挽《ひ》きながら答えた。

「小屋だと？　なにを悠長なことを……この雪を見ろ。間に合うもんか」

驚いたことに、弁造も鋸を持ち出してきた。

「おまいまで、そんなもの持っとったのか？」

「鉈《なた》と鋸は、雑兵の心得にございまするぞ」

と、今は正真正銘の足軽のくせに、雑兵の心得すら知らぬ主人を笑った。元々与一郎は上士である。戦場に鉈や鋸を自ら持参したことは一度もない。

「兄貴は薪を作って下され。火床《ひどこ》用に長いのも五本ほど必要でござる」

「火床用は、二尺（約六十センチ）でええか？」

「ようござる」

どうやら与一郎の出る幕はなさそうだ。家来二人が手慣れた様子で仕事を進めるので、邪魔にならないよう少し脇に寄って見守ることにした。

それにしても寒い。風は体温を奪い、雪は蓑の中にまで染み込んでくる。足踏みをしながらジッと耐えた。

左門は杉の木をほんの半寸（約一・五センチ）ばかり切り残して、その上部を手をかけて引き倒した。

ギッギッギ、ザザーーン。

倒木の一端は四尺（約百二十センチ）ばかり高くなっており、葉を残した枝が両側に垂れ下がると、下側に丁度いい空間ができた。さらに潜り込んで邪魔な枝を掃《はら》うと居住性は格段に向上した。その空間の下の雪を踏み固め、弁造が切り出してきた二尺長の丸太を六本並べて火床とした。

火床——その上で焚火をするのである。これがないと雪の上や、湿った場所で薪は燃えにくい。

左門と弁造が、一晩過ごせるだけの薪を切り出している間、与一郎は「杉の簡易な小屋」の周囲に、雪を手で掘って積み上げて囲いとなし、できるだけ隙間風が入らぬようにした。

火を起こす準備は整っていた。

左門も弁造も燧金《ひうちがね》の他に、火口《ほくち》として樺《かば》の樹皮を用意していたのだ。樺の樹皮には油分が多く、着火剤として今も昔も重宝される。

「切り出したばかりの生木は燃えにくかろう」

「そこは工夫がござる」

左門は一本の薪を手に取り、雪に濡れた樹皮を一部削り取った。露出した白木の部分を笹掻《ささが》き牛蒡の要領で薄く削ってささくれ立たせた。

「ほら、如何《いか》にも火が点《つ》き易そうでござろう？」

「うん、確かに」

燧金の火花は、一度で樺の樹皮を燃え上がらせた。その炎を薪の削り屑《くず》に移し、さらに薪のささくれに近づけた。さすがに、これは三度ほど失敗したが、四度目には見事点火に成功した。

「一旦火が点くと、生木はグズグズととろ火で長く燃えるでござる。野宿の焚火にはなかなか使い勝手がようござる」

初めは火力が弱く、随分と頼りなかったが、やがて薪が乾燥し始めると炎は徐々に大きく力強くなり、杉の倒木の下の空間をじんわりと暖めてくれた。日が暮れても未《いま》だに吹雪は続いており、左門と弁造の知恵と行動力が無ければ、一行は遭難していただろう。

与一郎は膝《ひざ》を抱え、炎を見つめながら、先日の話を思い出していた。

信長は「富を生む源泉が、百姓と商人」であることを知っているのだという。

反対に、威張り腐っている武家や僧侶はなに一つ生み出していない。

(俺は、国衆の倅として生まれ育った。大恥をかかぬ程度には、漢籍《かんせき》や有職故実《ゆうそくこじつ》にも通じとる。でも、だからなんや？　こうして雪山に放り出されたとき、漢籍なんぞ、屁の役にも立たん)

弁造と左門が楽しげに談笑するのを眺めながら、「自分は本当に、この二人の主人たる資格があるのか」と自問し、少しだけ気分が滅入《めい》った。

そうこうする内に、昼間の疲れが出て、与一郎は深い眠りへと落ちた。

ふと目が覚めると、風の音は止んでいた。雪も止んだようだ。簡易な杉の小屋に弁造と左門の鼾《いびき》だけが、高く低く響いている。

焚火は燃えていたが、火床越しに雪を溶かし、当初わずかに踏み固めただけのはずの雪の底は、三尺（約九十センチ）以上にも深くなっていた。

与一郎は尿意を催し、深くなった穴から這《は》い出ることにした。

垂れ下がった杉の枝を掻き分けると、外は別天地だった。深く新雪が積もった林床に、月の光が縞模様《しま》を描いている。枝に邪魔されて直接には見えないが、遅く昇る二十日の月が、東の空に輝いているようだ。

「ん？」

——青白い静寂《しじま》の中に、なにかがいる。

兎《うさぎ》だ。雪の中に白い兎が蹲《うずくま》っており、与一郎を窺っている。冬場、雪国の兎は白くなると聞いたことがあるが、関ケ原の近くで生まれ育った与一郎にとって、実際に白い兎を見るのは初めてのことだった。

（や、初めてでもないか）

敦賀の木村邸で、於弦が獲った獲物の中に、白い兎の毛皮が交じっていた。

今、与一郎の目の前、ほんの十間（約十八メートル）先にいるのは、可憐《かれん》で美しく、神々《こうごう》しいまでの小さな獣だ。

（こんな無垢《むく》な奴に矢を射込むのか……でも獣を獲るのが猟師の生業《なりわい》やからな）

獣肉が供されれば、与一郎は黙って食らう。哀れみをかけることはない。猪の肉などは、むしろ大好物だ。殊更《ことさら》に猟師のみを「無慈悲だ」「残虐だ」と罵るのは公平と言えまい。

（ただ……猟師気質《かたぎ》の女が、武家の妻に向いているか否かは、また別の話や）

有能な家来である弁造と左門は、与一郎が於弦を妻とすることに反対している。紀伊には、まず於弦を連れ戻し、夫婦約束の件は「その後に話し合う」と伝えてある。まだ少し猶予はありそうなので、与一郎は真剣に考えて、皆が幸せになる結論に至らねばなるまい。

さあ、早く「出すものを出して」しまおう。与一郎が枝を掻き分けて雪の上に立つと、白い兎は身を翻し、森の奥へと姿を消した。

四

翌日、与一郎主従は今庄宿をへて、午後遅くに越前府中へと入った。府中は、日野川《ひのがわ》の下流、武生盆地《たけふぼんち》の南端に位置する。元々は越前の国府が置かれていた土地で、田舎は田舎なりに繁栄していた。

現在、府中城に拠《よ》り、この地方を統べるのは、加賀から派遣されて来た坊官の七里頼周だ。石山《いしやま》合戦では加賀の一向門徒をよくまとめ、度々織田軍と戦ったことから「加州《かしゅう》大将」などとも称されている。

七里もそれ相応の人物なのだろうが、現実に府中城の周辺に屯《たむろ》する一揆衆の数は、哀れなほどに少ない。

「おまいらも見たろ」

与一郎は、声を潜めて弁造と左門に囁《ささや》いた。

「ほぼ一年前のことや。富田長繁の龍門寺城《りゅうもんじじょう》の周辺は、三万人からの一揆衆でごった返しておったわ」

天正二年一月、信長が越前守護代に据えた桂田長俊の苛政を打倒しようと、越前全土から参集した三万人の熱気を、与一郎主従は実見している。

「それが、今回の一揆はどうや」

「数も減ったし、熱気が感じられませんなァ」

「人心はすでに一向一揆から離れておるのでござるよ。そもそも坊官が好き放題にやり過ぎた」

素人《しろうと》集団である一揆軍が、手練《てだ》れの戦国大名と互角に戦える理由は、兵力の多さと、一揆衆一人一人の宗教的熱狂に求められる。ありていに言えば「死んだら浄土へ行ける」と信じ切っている「死を恐れぬ三万人」は「相当に手強《てごわ》い」ということだ。

動員数が減り、本願寺から派遣される坊官には人望がないとなれば、これはもう織田軍の敵ではあるまい、と与一郎は見切った。

「父方の叔父貴が一人、一揆側に身を投じ、府中城だか龍門寺城だかに詰めとるはずでござる。まずは叔父に伝手《つて》を頼もうと思うでござるよ」

と、左門が小声で言った。

府中城と龍門寺城とは六町（約六百五十四メートル）ほどしか離れておらず、七里頼周は両城を支配下に置いていた。

「おまいの親族とゆうからには地侍か？」

「然様で」

「一揆内にあっては、相当な役目を担っておられるのやろな？」

与一郎は木ノ芽峠で砦番を務めていた兜武者を思い出していた。

一揆勢の過半は庶民だが、軍事の中核を担うのは、やはり国衆や地侍とその郎党たちである。左門の叔父も、ある程度の幹部として待遇されている可能性があった。

「叔父は、府中郡司七里頼周の側近《そば》くに仕えとるらしいでござるよ」

「そりゃええ。その叔父御に頼み込んで、俺らを一揆勢に加えろ。できるだけ七里頼周の側がええ」

「へい。頼んでみるでござる」

「一点だけ確認したいのやが、叔父御は熱心な門徒なのか？　浄土信仰を持っておられるのか？」

「や、そんな話はとんと聞きませんな。多分信仰とは別に、算盤《そろばん》ずくで参加したのやと思うのでござるよ」

越前国の支配者が本願寺になったのだから、長いものには巻かれろで、出世の機会を求めて身を投じたのでは、と左門は叔父の心を読んだ。

「なんせウラの叔父でござるからな、へへへ」

と、肩の頭陀袋をポンポンと二度叩いた。

「それは都合がええな」

左門に頷いてから、与一郎は弁造に向き直った。

「算盤ずくの相手なら、話の持っていき方によっては、こちらの味方になってくれるやも知れん」

「確かに」

苟《いやしく》も武士ならば、宗衛門《そうえもん》とやらも越前一向一揆の体たらくを見て、まさか『織田に勝てる』とは思っていないはずだ。ましてや熱心な門徒でもないのだから、命を賭してまで弥陀に忠誠を尽くそうとは考えないだろう。もしも与一郎なり弁造なりが――

「今のうちに内応しておけば、来年早々にも織田勢が越前に攻め入ってきた折、処罰されることはないし、むしろご褒美《ほうび》がもらえる。あわよくば織田家への仕官の道も拓《ひら》けよう」

――などと掻き口説けば、七里頼周から聞いた極秘の情報を耳打ちしてくれるかも知れない。

「叔父御の人物はどうや？」

「ま、普通でござる。ただ、自慢ではござらんが、我が一族には大きな悪事や陰謀を企てられるほどの才人偉人はおりません。決して馬鹿揃《ぞろ》いではないのでござるが、何故《なぜ》かいつも損籤《そんくじ》ばかりを引いており申す」

「ハハハ、然様か……安心したよ」

その位の方がいい。阿呆も困るが、あまりに敏《さと》い人物は、自分が然程敏い性質《たち》でないだけに苦手だ。

「無論、最初のうちは織田方の間者であることは伏せる。左門の叔父御を信用しないわけではないが、ま、慎重に参ろう」

た。

「承知ッ」

と、二人の家来は同時に頷いたのだが、与一郎の慎重さはおおむね杞憂となった。


「左門の叔父、大和田宗衛門にござる」

宗衛門は四十絡みの小柄な武士であった。容貌が、甥《おい》である左門によく似ている。頭陀袋を背負わせ、左門と並べたい衝動に与一郎は駆られた。

「浅井家牢人《ろうにん》、大石与一郎にございます。これにおりますのは開源《かいげん》と申す僧侶で、我が朋輩《ほうばい》にございます」

「弁造坊開源にござる」

弁造が、延暦寺の山法師になり切って会釈《えしゃく》した。

「左門からおおよその話は伺ったが……浅井公の弔い合戦は、ちと難しゅうござるぞ」

いきなり否定的な話から始まった。

「と、申されますと？」

「見ての通りじゃ」

宗衛門は身を乗り出し、与一郎の耳元で囁いた。

「我が一揆側の士気は低い。兵の数も足らん。織田と争うても負け戦は必定《ひつじょう》でござる」

「ほう」

「そもそも当方には義がない。ここ府中の坊官殿を含め、どいつもこいつも大坊主どもは酷《ひど》い。国が滅びても、己が懐さえ膨れればそれでよし、そんな料簡《りょうけん》では、誰もついて行かぬ」

宗衛門が何を言いたいのかよく分からない。

「つまり、どうやと仰せなのですか？」

「左門の朋輩とあらば、率直に申す。悪いことは言わん。貴公はまだお若い。越前一揆に身を投じるのは、お止めなされ」

「御助言、痛み入りまする。ただ、端《はな》から負け戦と決まっているのなら何故、大和田様はこの府中城に留《とど》まっておられるのですか？」

と、探りを入れてみた。

「そこよ。ワシの悩みは……」

と、宗衛門は月代《さかやき》の辺りを指先で掻いた。

「府中郡司の七里頼周様には、重用された義理がある。ただ、ワシは浄土信仰が強固なわけでもないし、沈む船に最後まで居残るつもりはない。いずれは詐病《さびょう》でも言い立てて逃げ出すさ」

「なるほど」

事情は呑み込めた。今の状況であれば、宗衛門と同じように考えている一揆衆も多いはずだ。むしろ話は早かろう。与一郎は、周囲を見回し、余人の耳目《じもく》がないことを確かめると、左門と弁造をチラと窺った。両名ともすぐに察して頷いてくれた。

「大和田様、実はそれがし……」

宗衛門とは会ったばかりであるが、どこからどう見ても、彼が織田方に転ばぬ道理はないと判断した。

自分が織田方の、特に羽柴秀吉の間者であること、来春以降、織田方の越前討伐は既定路線であること、もし宗衛門が一揆側の内情を報せてくれれば、秀吉に協力者として大和田宗衛門の名を伝えること、などを簡潔に伝えた。

「叔父上……」

左門が、与一郎から話を受け継いだ。

「弁造殿とウラは、大石様と主従関係を結んでおるのでござる」

「朋輩ではないのか？」

「然様。与一郎様は元々、北近江須川の御領主で鎌倉以来の名門、遠藤家の御当主でござった」

今は事情があって秀吉の下で雑兵身分に甘んじているが、いずれは重く用いられるお方だと説明した。

「これは事情を存じませんで、偉そうな物言い、お許し下さいませ」

宗衛門が頭を下げたので、与一郎は恐縮した。

「許すもなにも、お力をお貸しいただけないかと、伏してお願いしているのはそれがしの方でございまする」

多少、迂遠《うえん》な展開とはなったが、与一郎主従と大和田宗衛門の協力関係は、この日この時に成立した。

五

与一郎主従は、大和田宗衛門の家来と名乗り、府中城内を比較的気儘《きまま》に歩き回ることができた。

一向一揆内部の暮らしは単調なものであった。朝夕に城を挙げて称名《しょうみょう》をすることと以外には、さしたる役務もなく、日がな一日、ダラダラと過ごすことが許されていた。与一郎主従は、これ幸いと一揆衆に声をかけ雑談したり、府中城や龍門寺城の堀の深さ、鉄砲や弾薬、兵糧の備蓄具合などを調べてまわった。

「殿、今日は面白い話が聞けましたぜ」

弁造がニヤニヤしながら、一揆衆との雑談中に出た興味深い話題を披露した。

「今年の初め頃、半弓を使う若い別嬪《べっぴん》が龍門寺城におったそうですわ。その娘、言葉に敦賀の訛《なま》りがあったとか」

「つまり、それが於弦やとゆうのか？」

動揺を隠して与一郎が質した。

「さあ、どうでしょうか。夏頃までは見かけたそうですが、その後はフッとおらんようになったらしいですわ」

「於弦と名乗ったのか？」

「於糸《おいと》と名乗っていたらしいです。ただ、弦と糸でしょ……ま、十中八九、於弦殿でございましょうな」

敦賀出身で、半弓を使う美人の若い娘——そうそうにはいまい。名前もよく似ており、弁造の言う通りで、於弦本人と見て間違いあるまい。

「ふうん……あ、そう」

生返事だけをかえした。仮に於糸が於弦だったとしても、与一郎にはどうしようもない。そもそも於糸は、龍門寺城から姿を消しているのだから。今は、様子をみるしかあるまい。


「府中郡司の七里頼周殿は、元々加賀一向一揆を統べる坊官でしたんや」

宗衛門は、折に触れて、様々な一向一揆の内部情報を伝えてくれた。

年が改まっての一月中旬、与一郎と宗衛門は連れ立って、府中城の東方を流れる日野川の河畔《かはん》を散策していた。越前府中は三方を低い山並に囲まれ、北方のみが開けている。雪が深く、一面の銀世界だ。河岸の土手に生えた辛夷《こぶし》の蕾《つぼみ》は、まだ固く身を閉ざしている。春はもう少し先だ。

「越前の門徒衆が富田長繁と袂《たもと》を分かったとき、七里はむしろ門徒衆から乞われて越前入りしたのでござる」

越前の門徒衆は「よき指導者」を求めていたのである。加賀で実績を上げていた七里は、まさに打って付けの人材だったのだ。

「初めは七里殿と門徒衆の仲は上手くいっていたのです。ところが本願寺様がチャチャを入れてきた」

「本願寺が？」

「顕如猊下《げいか》が、越前守護職として子飼いの下間頼照を送り込んできよった。七里殿は頼照の下座に置かれ、そこから越前の歯車が狂い始めた」

「ほう」

七里は加賀国でも、現地の事情を優先させる傾向があった。必ずしも本願寺に絶対服従ではなかったのである。結果、一揆の門徒衆の支持こそ高かったが、顕如からの評価は意外に低かったのだ。

「その点、下間頼照は顕如のお気に入りとゆうわけですか」

「然様でござる」

ここで頼照が善政を敷けば、問題は表面化しなかったのだろうが、彼は貪欲に苛政を敷いてしまった。年貢を釣り上げ、無茶な賦役を課した。

倅である下間頼俊を足羽郡司に据えたことで「父子して、越前から収奪する気か」と盛大に嫌われた。要は、下に苛烈で上には従順という最悪の代官だったようだ。

（信長と顕如は思想が正反対なんやなァ）

与一郎は心中でハタと膝を叩いた。

信長は、世に隠れもない残虐非道な男だ。家来に対する猜疑心《さいぎしん》も強い。しかし、本音は兎《と》も角《かく》、表面上は民百姓を労《いたわ》る術《すべ》を知っているから、領内の産業は活性化し、信長自身の富は大いに増える。

一方、顕如が残虐非道とは聞いたことがない。ただ、己が欲のため、民百姓から容赦なく収奪する配下には、案外寛容なのである。これでは領地領民は疲弊するばかりだ。残虐だが善政を敷く領主と、残虐こそせぬが苛政を敷く領主、領民はどちらを支持するのだろうか。

（逆らう気さえなければ、信長が如何に残虐であれ、然程には怖くない。九割方の領民は信長を選ぶだろうさ）

石山合戦が始まって四年と少し経つが、このまま推移していけば、一向宗側はじり貧、信長の勝利は間違いなかろう。

「それがしはまだお会いしておりませんが、こちらの七里頼周様の人望は如何《いかが》ですか？」

「ま、他の坊官たちに比べれば、幾分かは人間味がござろうが……」

全面的に支持しているわけでもなさそうだ。

(悪い噂もないことはないからなァ)

昨年の二月、事件が起こった。一揆衆の中で狂信的な者たちが徒党を組み、念仏に批判的な国衆を襲い一族を皆殺しにしたというのだ。狂信者たちは、意気揚々と国衆の首級を府中城へと持ち帰った。本人たちは「弥陀の敵を成敗《せいばい》したのだから、さぞや褒められるに相違ない」と考えていたようだ。しかし、七里は激怒した。

「我が命もなく、勝手に武士を殺したるは軍法違反なり」

と、即座に狂信者たちを処刑したそうな。

味方である一揆衆を処刑したことで、七里の悪名にはなっているが、成敗された側の門徒たちも相当な無茶をしたのだ。どっちもどっちな印象を与一郎は持った。

(そもそも七里頼周とは何者や?)

七里は下間頼照に次ぐ越前一向一揆の次席である。その人となりを調べて報告すれば、秀吉は大層喜ぶだろう。

「七里殿は、毀誉褒貶《きよほうへん》の激しいお方なのですか？」

「まあね。そうゆうところもござる」

「例えば、どんなところが？」

「例えば」

宗衛門が顔を寄せ、与一郎の耳元に囁いた。

「女好き……坊官とて僧侶の端くれ。好色なのはいただけない」

「でも、本願寺は女色を認めているのでは？」

「まさか、漁色《ぎよしよく》までは認めており申さん」

「七里は、そんなに女を追いかけまわしているのですか？」

「一揆衆の中に一人女武者がおりましてな。その娘を見初めて、我がものとしたらしい」

「お、女武者……」

与一郎の顔が見る見る硬直した。

「容貌も美しかったが、半弓の名人だそうな。去年の夏、鹿を射る凛々《りり》しい姿を見て、懸想《けそう》した由にござる」

府中城の一揆衆も「夏頃から見なくなった」と言っていた。辻褄《つじつま》が合う。

「その、我がものにしたとは、つまり七里殿の御手がついたとの理解で宜しゅうございまするか？」

「そのようですな。七里殿は今年確か五十九歳。年寄りの慰み者にされたのでしょう。哀れなことよ」

「う……」

「い、如何された？　お顔の色が優れぬようだが」

「や、大丈夫……大事ござらん」

隠しても色に出《いで》にける与一郎の悋気《りんき》。唇が土色に変色し、手先が若干震えている。それを見た宗衛門が「どうかしたのか」と目を丸くした。

「まさか、その女武者を御存じで？」

知り合いもなにも、夫婦約束を交わし、それを一方的に反故にし、毒矢を射込まれそうになった間柄である。

「全然。滅相《めっそう》もない」

童のように頭《かぶり》を振って否定した。

「そ、それがし、ちと用事を思い出し申した。これにて失敬……」

しどろもどろになりながら、宗衛門の側から這う這う《ほうほう》の体で逃げ出した。

「殿、なったものは仕方ないではございませんか」

「ああ……」

最前から与一郎は、囲炉裏端に座り込み、肩を落とし、溜息ばかりついている。家来二人が代わる代わるに励まそうとするが、心を開こうとしない。

「我らはお役目の途中ですぞ。女のことで落ち込んでおられる場合ですか」

「うん……」

ここで会話は途切れた。重苦しい沈黙が流れる。囲炉裏にくべた生木がバチッと爆《は》ぜた。

「女なんて……」

与一郎が、思い詰めたような、低く重たい声で呟いた。

「すぐに心変わりするもんなんやなァ」

「夫婦約束を反故にしたのは、殿の方が先ですわ」

「………」

さらに落ち込み、俯《うつむ》いてしまった。

「殿、さ、餅が焼けた。食って元気を取り戻すでござるよ」

「いらん」

左門が、薄《うつす》らと焦げて美味《うま》そうな餅を差し出したのだが、反応は薄い。

「ものは考え様ですぜ。むしろ都合良かったのでは？」

「そうそう、その通りでござるよ。ほれ、餅」

「いらんゆうとろうが！」

与一郎が首を回し、左門を睨みつけた。その目が赤い——

「な、泣いておられたのでござるか？」

「女々しいッ。遠藤の御先代が泉下《せんか》で泣いておられまするぞ」

弁造が、吐き棄《す》てるように詰《なじ》り、与一郎から顔を背けた。

遠藤家の先代は、与一郎の父、喜右衛門《きえもん》である。五年前の夏、姉川《あねがわ》の戦いで信長に迫り、もう一歩のところで討ち取られた。

「殿だって、於弦殿と夫婦になるのは無理やと、半分諦めておられたはず」

「まだ決めてはおらんかったわ」

「本願寺の坊官で官職は三河守……於弦殿にしたら玉の輿《こし》でっせ。むしろ祝ってやるぐらいが、漢《おとこ》ってもんですわ」

「もう五十九の爺《じじ》ィや。それにもうすぐ織田勢に蹴散らされるわ」

「縁がなかったのでござるよ。そう思った方がお互いのためにござる」

――なぞと、しばらく三人で言い争ったが、本音の部分では与一郎にも分かっていたのである。

(心のどこかで、於弦のことを面倒臭いと思い始めていたんや。でも、他人のものになったのかと思えば未練がでる。どうなってるんや?)

どこがどうあれ、秀吉から扶持《ふち》を受ける身として、役目は果たさねばならない。今宵一晩はウジウジと泣くのもいいが、明日からはちゃんと役務に戻ろう。

それから、このことを敦賀の紀伊に伝えねばなるまい。気の進まない手紙を長々と書くことになりそうだ。

六

それから二ケ月《ふたつき》が経ったころ、越前府中城内の居室にいた与一郎のもとへ、弁造がバタバタと駆け込んできた。

「殿、偉いことですわ」

いつもヘラヘラと不遜な笑みを浮かべている弁造が、今日に限っては珍しく真顔だ。辺りを見回し、声を潜めた。

「本当に一大事で」

「どうした？　お袋でも死んだか？」

「な……」

さすがに不快げな顔になった。

「済まん。おまい、親おらんかったな」

元山賊で捨て子の弁造、親の名も顔も知らない。配慮のない冗談を詫びた。

「殿は、徳川家康《とくがわいえやす》公の御嫡男を御存じで？」

「名だけは知っとる。岡崎三郎《おかざきさぶろう》様やろ」

「それがですな……」

弁造の話は以下の通り——

まず、岡崎三郎こと松平信康《まつだいらのぶやす》は徳川家康の嫡男であり、岡崎城主だ。母親は今川義元《いまがわよしもと》の姪《めい》の瀬名姫《せなひめ》こと築山殿《つきやまどの》である。

その信康に仕える大賀弥四郎《おおがやしろう》という重臣が、武田勝頼《たけだかつより》に内応、勝頼は大賀の手引きにより岡崎城を乗っ取るべく、五月にも三河に兵を出すというのだ。

「ご、五月やと」

少し声が大きくなった。

「すぐそこではござらぬか」

傍らで聞いていた左門が、小声で狼狽《ろうばい》して見せた。本日は、天正三年の三月十五日である。新暦に直せば四月二十五日だ。北国越前も汗ばむほどの陽気が連日続いている。

「誰がゆうた？」

「宗衛門殿ですわ」

宗衛門は、七里頼周の側近の一人である。情報の確度は高いと見た。

「宗衛門殿は今、七里頼周たちと評定《ひょうじょう》中でございます」

「うん」

七里が於弦を妾《めかけ》にし、どこぞに囲っていると知って以来、彼の名を聞くと、腹の辺りがジクリと痛むようになった。頭の中ではもう吹っ切れている恋だが、心の奥底では、二ケ月《ふたつき》が過ぎてもまだ拘《こだわ》っている。於弦の行方は、今も杳として知れない。

弁造の話は続いた。

「勝頼から『越前一向一揆も、五月に北近江へ向けて南進して欲しい』との依頼が本願寺を通して、下間頼照に届けられたそうですわ」

「ほう。え、偉いことやな」

与一郎主従三人は、顔を見合わせた。

現在、三河の徳川は、織田家にとって唯一の同盟者である。その徳川が危ない。浜松《はままつ》と岐阜《ぎふ》の中間にある岡崎を武田に抑えられると、浜松は分断され、敵に囲まれ孤立する。徳川の危機を救うべく信長は軍勢を三河へ送ろうとするだろうが、そのとき、越前の一揆勢が南下すれば、織田は尻尾に嚙《か》みつかれることになる。信長は北近江にも手当をせねばならなくなり、徳川への支援は疎《おろそ》かにならざるをえまい。信長がグズグズしていると徳川は武田に滅ぼされてしまうだろう。

そうなると万事休すだ。

「で、どうする?」

「まずは連絡でござるよ。今すぐ秀吉公にお手紙をお書きなされ」

と、横から左門が助言した。

「事がことや。書状で報せて済む話やない。手紙を書いてる間も惜しいしな。俺が行く。今からすぐに小谷城に向けて発つ」

と、立ち上がった。もう雪の季節ではない。片道十七里(約六十八キロ)、木ノ芽峠越えもあるが、夜通し歩けば一日半で踏破できるだろう。

ことは急を要するが、一応、与一郎の上役は藤堂与吉である。仁義は通さねばなるまい。

「俺は小谷城に直行するが、弁造、おまいは敦賀に行き藤堂様に一件を報せい」

「承知ッ」

「殿、歩くより、馬を使われた方が早《はよ》うござるよ？」

左門が助言した。

「そらそうや。でも、馬なんぞどこにおる？」

与一郎は乗馬が得意だ。自信もある。

「叔父貴に頼んで、達者な軍馬を用意するでござる」

「そうか済まんな……できれば若くて、デカい馬がええぞ。多少の悍馬《かんば》でも俺は乗りこなす」

と、走り出した左門の丸い背中に向かって叫んだ。

「委細承知」

左門が戻ってくる前に、旅の支度を済ませておこうと、弁造に手伝わせて準備を始めた。

菅笠に手甲脚絆、馬の旅ではあるが、草鞋《わらじ》は多めに持っていこう。炊事をする暇はないから、焼飯《やきいい》を携行することにした。玄米をよく炒った糧食である。水に戻すことが不要なので、そのままポリポリと齧《かじ》ることができた。

「蓑は？」

「や、明日まで天気はもつやろ。蓑は要らん」

ついでに弓矢も置いていこう。少しでも軽量化を図り、馬の負担を減らしたい。

腰に大小を佩《お》びると、下級武士の旅姿の完成である。

左門が引いてきたのは、大柄な三歳の蘆毛馬《あしげうま》だった。如何にも悍馬だ。殊《こと》の外《ほか》鬣《たてがみ》が豊かで、鼻を鳴らして首を振る毎《ごと》に、ふさふさと大きく揺れた。

「おお、ええ子や。どう、どう、よろしゅうな」

と、灰色の首筋や肩の辺りをポンポンと優しく叩きながら話しかけた。

「大丈夫でござるか？　手に負えんようなら、大人しい馬に替えると、叔父がゆうとりました」

「うん。初めは互いに戸惑うやろが、四半刻《しはんとき》（約三十分）も乗れば、気心が知れる。その後は人馬一体よ」

「つまり、乗りながら馴らすと？」

「そんなもんやで」

笑いながら、ヒラリと鞍《くら》に上った。

「ブヒン」

途端に馬は、轡《くつわ》を取る左門の手を振り払い、大きく後ろ足をはね上げ、自信満々だった与一郎をアッサリと鞍から振り落とした。

「殿！」

「ええから、ええから。ハハハ、元気があって大変よろしい。根っからの軍馬やなァ。気に入《な》った」

若干嘗め過ぎたようだ。今度は馬体を撫でながら、じっくりと語りかけた。

「俺の馬になれとは言わん。俺の相棒になってくれ。朋輩になろう。ほら、俺の顔をみろ」

と、両手で轡を摑み、馬と向き合った。目と目を見合わせた。

「これが馬を酷く扱う顔にみえるか？」

「ヒン」

少し落ち着いたようだ。

「では、乗るからな。暴れないでくれよ。俺たちは相棒や」

そう言いながら、首筋を優しく叩き、ヒラリと跨《また》がった。

「ブヒッ」

蘆毛馬は鼻を鳴らし抵抗したが、興奮の矛先を幾度かの輪乗りでいなすと、ようやく落ち着きを取り戻した。

「どうどう、どうどう。ほら、いい子や」

首筋を優しく撫でて、さらに信頼感を醸成させる。

「この馬の名は？」

「や、名はまだないそうです」

府中城内における、この馬の扱いが察せられた。なかなかの悍馬だ。よほどの乗り手でなければ、到底乗りこなせそうにない。その場合、いっそ殺して肉や皮を売ろうと考えているのだろう。名を付けないでいる方が、情が移らないから処分しやすい。

「では、行って参る」

莞爾《かんじ》と笑って鐙《あぶみ》を蹴った。蘆毛馬は弾かれたように駆け出した。

「す、凄腕の乗り手にござるな」

駆け去る人馬を見送りながら、左門が弁造に呟いた。

「誰も乗りこなせなんだ評判の悍馬でござるぞ」

「殿は浅井時代、家中で五本の指に入る乗り手と称されたものよ」

「ほう、五本の指に」

浅井家の兵士動員力は一万人だった。ざっくり一割、千人が騎乗の身分だとして、その中での五本の指であるから、相当な腕と見ていい。


カカッカカッ、カカッカカッ。

与一郎は、敢《あ》えて蘆毛馬に襲歩《しゅうほ》を強いていた。襲歩とは全力疾走を意味する。こんな無理な走りは極《ご》短時間しか続けられない。馬の体力を急激に奪う。ただ、この馬はまだ若く、気位も体力も相当に強い。強過ぎる。少し疲れさせて、落ち着かせた方がいいと与一郎は判断したのだ。

「どうどう。どうどう。ゆっくりでええぞ。ゆっくり参ろう」

手綱を引いて、馬の足を緩めた。

「ハハハ、ええ子やなァ」

鞍上《あんじょう》で、自然に笑みがこぼれた。久しぶりで馬を疾駆させ、気分が良かったこともあるが、それ以上に蘆毛馬の走りが素晴らしかったのだ。

今は常歩《なみあし》で歩かせて襲歩の疲れを取るべきだ。常歩だと馬は半刻（約一時間）に一里半（約六キロ）ほどしか進まない。人が歩くよりも少し早い程度だ。ただ、この速さなら短い休憩を幾度か挟めば馬は終日でも歩いてくれる。一日で十七里（約六十八キロ）を踏破する気なら、決して馬を急かさないことが肝要だ。急がば回れなのである。

弁造と左門に見送られて、府中城の搦手《からめて》を発ったのは、申《さる》の上刻《じょうこく》（午後三時台）だった。好都合にも今夜は十五夜だ。宵の口から明け方まで満月が空にある。馬は人より夜目が利くが、暗い道はなかなか歩こうとしない。その点、満月の明かりがあれば、夜通しでも歩いてくれるだろうから、明日の昼過ぎには小谷城に着くはずだ。

「のんびり参ろう。しいしい、はい、しいしい」

山間《やまあい》の道は、夕陽が山の端に隠れるので、日暮れが平地より早い。薄暗くなった林道を南へ歩いた。満月はまだ上ってこない。

日も暮れて、満月が上ってきた頃、道は徐々に上り始めた。馬を疲れさせたくなかったので、与一郎は鞍から下り、轡を取って歩いた。

「府中城の一揆衆には、おまいを乗りこなすだけの乗馬の腕を持つ者はおらんのやろなァ」

　こうして轡を取って歩くと、馬の目と人の目が大分近づく。優しく話しかければ心が通じるようになるものだ。馬術の上手は、こういうところにこそ気を配っている。

　戦国期の馬は、肩までの高さ四尺（約百二十センチ）を最低限と考え、それより「幾寸大きいか」で分類された。

　例えば、五寸の馬――寸は「き」と読む――なら体高は、四尺五寸（約百三十五センチ）ということになる。軍馬なら標準的な体高だ。今、与一郎が引いている蘆毛馬が七寸だとすれば、体高が百四十センチを超える。この時代の馬とすれば、相当な大きさだ。ちなみに、西欧にサラブレッドが登場し、馬の大型化が進むのは十八世紀以降のことである。

「なあ、おまい」

　なおも語りかけた。

「俺のところに来い。府中で殺されて食われるよりはましやろ？」

「ブフッ」

　蘆毛馬が鼻を鳴らし、頷くように首を縦に振った。まるで言葉が通じているかのようだ。与一郎もさすがに驚いたが、ま、馬と付き合えばよくあることだ。

時には止まって休み、馬に草を食《は》ませた。逆に、気分を変えようと駆歩《かけあし》で軽快に走らせたこともある。駆歩は速歩《はやあし》と襲歩の中間の速さだ。大体、四半刻（約三十分）以上走らせると馬は疲れきってしまう。速歩なら半刻（約一時間）はもつ。常歩ならずっとどこまでも歩ける。

満月に照らされながら、鞍の上で焼飯を食らい、鞍の上で舟を漕《こ》いだ。深夜の山道でも、馬と二人連れなら心強かった。

人馬一体——よいものである。


結局、翌日の早朝には小谷城に着いていた。

早速、旧知の片桐助佐《かたぎりすけざ》に秀吉への取り次ぎを頼んだ。

「おまいが来るとは驚いた」

小谷城清水谷《きよみずたに》にある秀吉の御殿に誘《いざな》いながら、片桐が囁いた。

「しかも、でかい悍馬が大汗をかいとる。これはよほどのことや。越前でなにがあった？」

馬は、人と同様に全身から汗をかく。汗が泡立って白く見えるのは、限界まで駆け通した証《あかし》で、片桐が訝《いぶか》しがるのも仕方ない。

「助佐、おまいと俺は幼馴染や。おまいのことは信頼しとるが、まずは秀吉様にお伝えさせてくれ」

「分かった」

秀吉は、数名の小姓に手伝わせて朝餉《あさげ》の最中であったが、片桐が「急用」と告げると、与一郎に会ってくれた。

足軽身分である与一郎は部屋には上がらず、広縁に畏《かしこ》まった。給仕をする小姓の一人には見覚えがあった。

石田佐吉《いしださきち》だ。

彼とは、片桐から紹介され、一度話し込んだことがある。頭抜けた才人だが、同時に「思想的な危うさ」を感じたものだ。

「おう与一郎、息災そうでなにより。なんぞあったか？」

秀吉が、粥を掻き込みながら笑顔で呼びかけた。

「はッ」

と、頭を下げた後、周囲を目で窺うと、秀吉が――

「こやつらは構わん、話せ」

そう急かせるので、取り敢えず報告することにした。

「岡崎三郎公の御家来衆に、大賀弥四郎と申す者これあり……」

「ほおほお」

与一郎は、大賀弥四郎が武田勝頼と内応していること、岡崎城に武田勢が押し寄せる恐れがあること、その場合、越前一向一揆が南下し「織田の背後を脅かして欲しい」との依頼が、勝頼から来ていることなどを簡潔に伝えた。

秀吉は食事の手を止め、粥椀《かゆわん》を膳に置くと、掌で顔をペロンと上下に撫でた。

「その大賀弥四郎とは何者や？」

低いくぐもった声が、いつもの快活な大音声《だいおんじょう》とは明らかに違う。それだけ秀吉にとっても一大事ということだろう。

「申しわけございません。よくは存じません。信康公の重臣《おとな》とだけ伺っておりまする」

と、平伏した。隠密《おんみつ》としては調査不足だ。多少不体裁だが、嘘はつけない。出先で聞いた情報を持ち、急行してきたのだから、そこは勘弁してもらおう。

「うん」

と、答えてしばらく考えていたが、やがて秀吉はスックと立ち上がった。

「よし、岐阜に参る。上様にお会いする。佐吉、支度をせい」

「ははッ」

危うい才人が平伏した。

「与一郎、おまんも同道せいや」

それだけ言い捨て、足音高く御殿の奥へと歩み去った。

第二章　岡崎城下の暗殺

一

北から伊吹《いぶき》山地が下ってきて、南からは鈴鹿《すずか》山脈がせり上がっていた。その狭《はざ》間《ま》を東山道《とうせんどう》が東西に走っている。

小谷城から岐阜城までは十四里（約五十五キロ）ある。関ケ原を経て、濃尾《のうび》平野へと出て、揖斐川《いびがわ》、長良川《ながらがわ》を渡る。秀吉は、北近江十二万石の大名だが、信長の前では子飼いの一家来である「猿」にしか過ぎない。大仰な行列など作らず、武装した騎馬武者二十騎を従えただけで、東へ東へと東山道を急いだ。

与一郎も最後尾から、蘆毛馬に乗ってついていった。

今は騎乗の身分ではないが、目下の主人である秀吉が許したのだから気にするまい。越前府中から小谷城までを一夜で駆け抜けた蘆毛馬には、さすがに疲れの色が見て取れたが、なにせこの馬は若い。飼葉を鱈腹《たらふく》食い、一晩厩《うまや》で寝たことで大分回復していた。

(こいつに、なんぞええ名前をつけてやらねばならんなァ)

大きく、気性の荒い馬である。相応の名が必要だ。

(北国の産やからなァ)

越前の冬は厳しい。強烈な風と雪が人の驕《おご》りを戒める。ふと、古典――多分、蜻蛉《かげろう》日記の一節に「雪風《ゆきかぜ》いふかたならうふりくらがりて、わびしかりしに」とあったのを思い出した。

(そう、「雪風」はどうやろ)

灰色の馬に雪――若干の違和感はあるが、いつまでも「蘆毛馬」呼ばわりでは心が通じない。正規に雪風と命名し、今後はそう呼ぶことにした。蘆毛馬は年を経ると雪のような白馬となる。今は灰色だが、馬の長寿を祈る意味でも雪の文字を使うのは悪くない。

「よしッ。今日からおまいは雪風や」

「ブヒッ」

悍馬が嬉しげに鼻を鳴らし、首を振った。

不破関《ふわのせき》を通過するとき、前方を駆けていた秀吉が、鞍上で振り返り、与一郎を指さしてニヤリと笑った。ここを通るときに限り、毎度、秀吉がとる行動《ふるまい》だ。

「……」

黙って真顔で頭を下げたが、秀吉が二年前の「刑場襲撃」を意識していることは明白だった。あの襲撃の所為《せい》で、与一郎は未だ足軽身分に据え置かれている。ただ同時に、旧浅井衆を中心に尊敬と支持を密《ひそ》かに受けてもいる。こうして秀吉が目をかけてくれるのも「万福丸の首級奪還」を認めていればこそだろう。

（ただ、忠義の鑑《かがみ》のようにもてはやされるのは面映《おもは》ゆいな。俺は、自分の不始末にけじめをつけただけや）

自分が、信長の起請文《きしようもん》と幼馴染の甘言を安易に信じたばかりに、守るべき童を死なせてしまった――つまり、そのけじめである。

やるべきことをやった結果、足軽に据え置かれたり、無闇に尊敬されたりするのは、どうにも納得のいかないことだ。

（この際、周囲の声など気にせんことや。俺は今後とも、自分がやるべきことをやる。世間の評価なんぞ知らんわい。なるように……え？）

と、物思いから我に返って驚いた。秀吉はまだこちらを見ている。笑顔だが目は笑っていない。慌てて与一郎が目礼すると、秀吉はそっけなく前を向き、大声を張り上げた。

「ほれ、岐阜は近ェぞ。おみゃあたち、頑張りゃあ」

なんとも底の知れない主人だ。明るい性質《たち》のようにも見えるが、少しだけ怖さも感じる。

長良川を渡河し、岐阜が近づくに連れて、秀吉の緊張は高まり、徐々に表情が引き締まっていった。不破関の辺りで、与一郎をからかっていた頃とはまるで別人である。信長とは、大名となった秀吉にとっても、まだまだ恐ろしい存在なのだろう。ましてや今回は、同盟国の内紛を報告しに赴く道中である。内容が内容だけに、下手をすると信長は機嫌を損ねるだろう。とりあえず側にいる秀吉に怒りの矛先が向くのやも知れない。緊張するのは当然だ。

騎馬武者たちが巻き起こした砂塵《さじん》に、路傍に咲いた黄色いサワオグルマの花が揺れている。季節は春から初夏へと移ろいかけていた。

「たァけ。ことはワレが思うほど単純ではないわ」

岐阜城の暗い天守で、高灯台《たかとうだい》の炎に照らされた寝間着姿の信長は、欠伸《あくび》を嚙み殺しながらも、厳しく秀吉を睨みつけた。

秀吉が大賀弥四郎の件につき報告した後、「一刻も早く、徳川様に御一報あってしかるべし」と穏当な助言を付け足したのが拙《まず》かった。信長には「穏当な進言」「ありきたりな提案」「無難な意見」を殊の外嫌う癖《へき》があった。秀吉は平伏し「ははッ」と返事だけを返した後、しばらく顔を上げなかった。この敏い男は、自分の不用意な発言が、主人の気分を害したことにすぐ気づいたのだ。

秀吉一行が岐阜城に着いたのは、十六日の亥の下刻《げこく》（午後十時台）をまわった頃であった。信長はすでに就寝中だったが、秀吉が「危急の要件」と騒いだので起きてきた。寝起きで機嫌が悪いのは仕方がない。

信長にしてみれば、同盟国とはいえ他家の話である。家康の嫡男である信康に大賀弥四郎の裏切りを通報すれば済む話だ。事前に謀反《むほん》が発覚してよかった。後は、信康自らが詮議し、関係者を成敗して話は終わる。

「だが、もし大賀弥四郎の背後に誰ぞがおった場合、大賀一人を成敗しても、岡崎城に悪い根っこを残すことにもなりかねん」

信長が首の辺りを掻きながら呟いた。

「大賀弥四郎の背後におる、悪い根っことは何者にございまするか？」

叱られて平伏していた秀吉が、恐る恐る主人を見上げた。

「たとえば……信康」

「ええッ」

「たとえば、築山」

「まさか、家康公の御正妻ではありませぬか」

板張りの床に平伏する秀吉の位置からは、脇息《きようそく》を抱え込むようにしてうずくまる信長の顔が、灯火の明かりに揺れて、背後の障壁画に描かれた金箔押しの龍神の顔と重なって見えた。

信康は、信長にとって娘婿だ。信長の長女、五徳姫《ごとくひめ》は信康の正妻である。

「お言葉ではございまするが、信康公の生年は確か永禄《えいろく》二年（一五五九）にございましたから……ひいふうみい」

秀吉が指折り数え始めた。本当は数えなくとも知っている。十七歳だ。指折り数えるのは彼なりの演出である。

「まだ御年十七にございまする。なんぼなんでも、そのような大それた陰謀を画策するとは思えず、ましてや築山殿は、女子《おなご》の身にございますれば……」

「築山が甲府《こうふ》と誼《よしみ》を通じているとの噂は、前々からなくはないのだ」

名門今川氏の縁者であり、名家意識の強い築山殿には、守護代あがりの織田家や、国衆から下剋上《げこくじょう》し、三河を簒奪した嫁ぎ先の徳川家を軽蔑《けいべつ》する風があった。むしろ、鎌倉以来甲斐《かい》国守護職を務める武田家の方に、親和性を感じていたとしても不思議はない。

「そのことについては、嫌な背景もある」

信長がさらに声を潜めた。

徳川家内で、家康が率いる浜松衆と信康が率いる岡崎衆との間に、確執が生まれつつあるというのだ。武田と東遠江《ひがしとおとうみ》で睨み合う家康は、前線指揮所である浜松城に最精鋭の軍勢を集めている。自然、後方支援役に甘んじる岡崎衆は臍《へそ》を曲げているらしい。

もしそこに、勝頼の調略がつけ込めば——

「恐ろしい話にございまするな」

「今はまだ仮の話よ。確たる証があるわけではない」

「御意ッ」

ただ、信長という男は——語弊はあろうが——猜疑心の塊である。

敵は勿論、親族や家臣にも油断は見せない。彼の間者や隠密は、家臣や親族の領地や屋敷の奥深くにまで入り込んでいた。同盟国である徳川のみが例外とは考えにくい。信長が怪しいと考えるなら（たとえまだ仮定の段階ではあっても）かなりの確率で、その見込みは的中するものと思われた。

さらに、信長の猜疑心は、まだその遥か先にまで届いていたのである。

「えッ。あの律義者の徳川様までが？」

「たァけ。猿、声がでかいわ」

と、信長は秀吉を制し、扇子の先で己がすぐ前の床板を小さく二度叩いた。傍に寄れというのだ。

「御免ッ」

一礼して秀吉はにじり寄った。信長は、秀吉の耳元に囁き始めた。

「元亀三年（一五七三）の三方ヶ原《みかたがはら》、昨年（一五七四）の高天神城《たかてんじんじょう》と、家康は失態を二年続けて重ねた」

三方ヶ原の戦いでは、信長の助言を無視し、武田勢に攻撃を仕掛け、大敗を喫した。高天神城の籠城戦では、城兵の度重なる要請にも拘《かかわ》らず救援が遅れ、信長が援軍と共に駆けつけた直後に城は降伏してしまった。信長は無駄足を踏まされたのである。

この二度の失態を通じて、家康は、信長の中での自分の評価が「大きく下がっている」との危機感を募らせているはずだ。そんなときに――

「嫡男と正妻が武田に靡《なび》き、徳川家が二つに割れる……」

これはもう、挽回不能なほどの大失態と言える。二つに割れた徳川の片方を率いる家康など、信長は同盟者としてすら認めてくれなくなるのではと、家康は不安に感じているはずだ。

「どうしても分裂を回避せねばならない家康には二途がある」

「ほう、二途にございまするか」

「一つは、倅と女房を含めて岡崎衆を切り捨て、織田と徳川の紐帯《ちゆうたい》に賭ける策じゃ。しかし、これは一つ間違うと徳川内部での同士討ちにも発展しかねない」

「そりゃ、同士討ちにもなりますがね。で、今一途は？」

「これがワシらには最悪よ。倅と女房共々、徳川を挙げて武田に走る。これなら分裂せんで済むし、今後は気難しいワシの顔色を窺わずにすむようになるから、家康としては食指が動こうな」

「まさか、そんな」

秀吉が大袈裟に目を見張り、天上を見上げた。信長が自分の気難しさを認めたことが無闇に可笑《おか》しく、その心の動きを隠すための大仰《おおぎょう》な芝居であった。

「ワレが目を剝《む》くほどに、荒唐無稽な話か！」

と、扇子の先端で、秀吉の大きく剃《そ》り上げた月代の辺りをペチンと叩いた。

「一族仲良く武田に寝返り、勝頼と組んでワシと戦う。武田武士と三河武士は、ともに天下無双の強兵。奴らに組まれ挑まれたら、さすがのワシでもヒイヒイゆうぞ」

「一大事でございまするなァ。徳川と武田を組ませてはなりません」

「で、あろうが」

信長は——実を言えば秀吉も、家康と三河衆の強さを知り、かつ恐れていた。

そもそも、戦国最強と言われた武田家の南下圧力を、ほどんど独力で跳ね返し続けたのは、他ならぬ徳川なのである。

徳川は、三河三十四万石、遠江二十七万石で、計六十一万石を領する。一万石当たりの兵動員数を二百五十人で考えると、一万五千余の動員力しかない。

一方、武田は、甲斐二十五万石、信濃《しなの》五十五万石、駿河《するが》十五万石、上野《こうずけ》や美濃《みの》や遠江の一部、奥三河など諸々《もろもろ》で三十五万石、総計百三十万石の太守であった。兵動員数は同様に算出すると三万三千人弱──徳川の倍以上である。それでも武田は徳川を滅ぼせなかった。

姉川の戦では、五千の徳川勢が、一万の朝倉勢を蹴散らしたのが、勝負の分岐点となった。信長にとって、戦国最強軍団とそれを寡兵で撥ね返し続けた三河衆の連合は、なんとしても避けねばならない事態であった。

「で、どう致しまするか？」

「まずは武田への取次方である大賀弥四郎な……こやつは即刻殺せ」

信長は、手刀で己が首を二度叩いた。

「殺せとは、つまり謀殺にございまするな」

「うん」

と、短く頷いた。そして、しばらく虚空を睨んでいたが、やがて口を開いた。

「第一に『すでに信長は、大賀の裏切りをすべて知っておる』との証を誅殺《ちゅうさつ》の現場に残せ。第二に、謀殺は岡崎か浜松でやれ。三河徳川領内にまで信長の力は及んでいるとの証を残せ」

「つまり、謀反人と同時に、徳川様が気の迷いを起こされぬよう脅しをかけろとの御主旨にございまするな」

信長が黙って頷いた。

武田方への内応が信長に知られ、首謀者が殺される。謀反人たちの動揺を誘い、混乱に乗じて徳川内の不都合な根っこをすべて抉《えぐ》り取る。同時に織田家隠密の恐ろしさを示すことで、家康が武田側へ靡く気持ちを萎えさせる——決して人を信じぬ信長らしいやり口だ。

「ただ、一点だけ」

「ゆうてみィ」

「畏《おそ》れながら、あまりに徳川様、並びに信康公を追い詰める仕儀にはなりませぬか？　追い詰め過ぎると、窮鼠《きゆうそ》が狸《たぬき》を嚙むの譬《たと》えもあり……」

ちなみに、異国の原典では、鼠《ねずみ》が嚙むのは「猫」ではなく、秀吉が言ったように「狸」が正しい。

「よおゆうた」

またしても扇子の先で、秀吉の月代をペチンと叩いた。

「窮鼠への手当はワシがやる。おまんは大賀弥四郎の成敗に集中せい」

「御意ッ」

飴と鞭、秀吉は当面、鞭の担当らしい。

「忍《しのび》、乱破に水破、謀殺ができそうな者は何者でも使え、褒美は思うがままよ。猿、ワレにあてはあるのか？」

「一人ございます。弓の名手を飼っております」

「弓だと？」

「この男、トリカブトの毒矢を上手に使いまする」

秀吉がニヤリと笑った。

二

秀吉は、天守から下がると、早速に与一郎を呼び出した。歪《いびつ》な十七夜の月は、もう西の空に傾いている。

「大石与一郎、参りました」

広縁に畏まると、難しい顔をした秀吉が手招きした。

「おみゃあ、疲れとるか?」

「いえ、まったく」

——これも大嘘である。十五日の申の上刻(午後三時台)に越前府中を発って以来、騎馬とはいえ移動し続けだ。今が十六日の子《ね》の上刻(午後十一時台)だから、丸一日と四刻(約八時間)は横になっていない。鞍上でうつらうつらした程度だ。疲労困憊《こんぱい》で判断力が鈍っており、秀吉の猿顔が妙に凛々しく見えた。

「おみゃあは、これから岡崎へゆけ」

「岡崎へ? 三河の岡崎にございまするか?」

「ほうだがや。大賀弥四郎はおみゃあが殺せ」

「えッ」

と、大袈裟に叫ぶと、見る見る秀吉の顔が険しくなった。まるで般若《はんにゃ》だ。明らかに機嫌を損ねたらしい。これは拙い。取り繕わなければならない。

「そ、それがし……む、謀反人を成敗致します」

「うん」

と、頷いて顔の険しさがスッと消えた。

「毒矢を使え。それからな、矢柄《やがら》に織田木瓜《おだもっこう》の家紋を彫りつけておけ」

「織田木瓜の家紋を？」

「たァけ、考えるな。おみゃあのお頭《つむ》で考えても分かりゃせんがね。行動あるのみや。黙って謀反人を射殺《いころ》してこいや！」

「……あの」

この手の下命《かめい》を「無茶振り」というのだろう。

「どうしたァ、不満か？」

（不満に決まっとろうが、この猿顔が……まず半刻〈約一時間〉でええから眠らせんかい。話はその後や）

「与一郎、やるのか？　やらんのか？」

「喜んで、やらせて頂きます」

「たるそうな面ァしとるが、おみゃあ、眠くはねェのか？」

「まったく眠気などございません」

心とは裏腹に、思わず受諾してしまった。

（ああ、請け負ってしまった。俺はどこまで人がええんや。今さら否はなかろうなァ。となると、成功できるように、今少しでも要求を通しておくことが大事やな。今なら大概の無理は通るやろ）

眠たくて回らない頭で考えた。

「三つだけ、無心がございます」

と、右手の指を三本立てた。

「ゆうてみぃ」

「まず……」

与一郎は弓矢とそれに塗るトリカブトの毒を所望した。

「それから」

頼り甲斐のある二人の家来――弁造と左門を、越前から呼び寄せて欲しい旨を伝えた。あの二人と組んでやれば、上手くいくような気がする。

「三つめに……」

無理を承知で「万寿丸に会わせて欲しい」と頼み込んでみた。万寿丸は岐阜近郊の寺に匿《かくま》われている故浅井長政の忘れ形見である。於市も一度会っているそうな。浅井家再興の希望の星に面会できれば、殺しでも、物見でも、戦でも、やる気が倍増しようというものだ。

「おまん……結構、欲が深いのう」

と、一旦は睨まれたが、秀吉は与一郎の願いを概《おおむ》ね了承してくれた。

「ただ、三つ目の願いは、後払いとなりそうだがや」

　万寿丸は現在、秀吉の保護下にある。浅井長政の忘れ形見の生存が露見すれば、信長がどう動くやも知れない。殺される可能性も大いにある。危険だと於市が判断し、岐阜近郊の寺から出て、今は秀吉の領地である北近江に匿われているそうな。

「琵琶湖畔の長沢《ながさわ》よ」

「おお、坂田《さかた》郡の長沢……まさか福田寺《ふくでんじ》に？」

　福田寺は、秀吉が新城を築いている長浜《ながはま》の南、一里（約四キロ）弱離れた琵琶湖畔にある。

「ほう、知っとるのか？」

「はい、童の頃の遊び場にございました」

　片桐助佐や阿閉万五郎《あつじまんごろう》と馬で琵琶湖河畔に出た折には、よく福田寺に立ち寄ったものだ。福田寺は七世紀に建立《こんりゅう》された古刹《こさつ》である。幾度か宗派を変えたが、現在は、確か浄土真宗であるはずだ。

（本願寺派なら一向宗か……だ、大丈夫か？）

　新領主秀吉と仲良くやっている所を見れば、あまり過激な行動は取ってないのだろう。そこに万寿丸は匿われているそうな。いずれにせよ、秀吉は、信長の勘気を蒙《こうむ》る危険を冒してくれている。下手をすれば改易、否、殺されかねない。秀吉は本気だ。主人の本気に、与一郎も応えねばなるまい。

「今回は坂田郡まで戻らせる暇はねェが、万寿丸殿のことは於市御寮人がよう知っていなさる」

明日、於市の屋敷を訪れ、万寿丸の話を聞くことで「今は辛抱せよ」と告げられた。ま、仕方あるまい。

「於市様との面会は、明朝にございまするな?」

「ほうだがや」

最悪、今夜のうちに「岡崎に発て」と命じられるかと思っていたので、正直ホッとした。とりあえず、横になって朝まで眠りたい。雪風も休ませたい。

そんなことを考えながら平伏し、秀吉の前を辞した。

翌朝、与一郎は久しぶりで、金華山《きんかざん》の麓《ふもと》に立つ於市の屋敷を訪れた。今年二十九歳になる於市は相も変わらず若く美しく、また、与一郎が訪ねてきたことを大層喜んでくれた。それはよかったのだが、いつも連絡役を務めてくれていた侍女の和音《かずね》の姿が見えない。

「ああ、知らなかったのですか？」

と、怪訝《けげん》そうな顔をして与一郎を見つめた。於市はかつて、与一郎と和音の仲を取り持とうとしたこともある。

於市によれば、和音は丹後《たんご》の富裕な地侍である大野某《なにがし》の妻となり、赤子を産んだばかりだそうな。

「赤子を？」

「そう。この二月にね。元気な男の子だと、文で報せてくれました」

「それは、おめでとうございます」

と、笑顔で平伏した。心底から沸き上がって来た正直な笑顔だ。

以前、与一郎は和音との縁談を辞退した。於弦のこともあったし、悲願である浅井家再興が成るまでは、己が幸せを求める気にはならなかったからだ。

ただ、於市に理由を告げて辞退した後、和音からは強烈に恨まれた。今日も、和音と会うのは気が重かったのだ。別の男が現れて夫婦になり、子までなして、幸せそうでなによりだ。与一郎は、ホッと胸を撫で下ろしていた。

（面白いなァ）

於市のとりとめのない世間話に相槌《あいづち》を打ちながら、与一郎は己が心の在り様を面白く眺めていた。和音に男ができたと聞いても祝福できるのに、於弦に旦那ができたと聞けば、胸を掻きむしられるような悋気《りんき》が起こる。どこが違うのか？

（俺が、於弦に惚《ほ》れとるからだろうか……や、それも違う）

毒矢を射込まれて以降、於弦のことを考えるのは億劫《おっくう》になっていたはずだ。

（結局、俺は於弦を、闇雲に「自分の物」と思い込んどる節があるわなァ）

自分の物を他の男に盗《と》られたから腹が立つ。対して和音は「自分の物ではない」「一度は、自分の方が拒絶した女」だから腹も立たない。

（随分と身勝手な理屈やけど、ま、男なんてそんなもんやろ）

「万寿丸殿は今年の正月で三歳におなりじゃ。於仙《おせん》がよう育ててくれておる」

於仙とは、浅井長政の側室で、万寿丸の母である。

（あ、そうか、なるほど……それで福田寺なんやな）

秀吉が、一向宗にも拘らず福田寺に万寿丸を匿う理由が分かった。浄土真宗は僧侶の妻帯を許している。寺の中に女性が住んでいても変な目では見られない。万寿丸はまだ幼く母親が傍にいることが必要、その辺を勘案して秀吉は福田寺を選んだのではあるまいか。秀吉は色々と考えてくれている。秀吉を信じ、秀吉を頼って、与一郎が忠勤を励めば、浅井家再興も決して夢物語ではなくなりそうだ。

与一郎は改めて、浅井家再興を強く深く心に誓った。


五日後、越前から弁造と左門がやってきて、与一郎と合流した。

「また、随分と危ない役目を仰せつけられましたなァ」

「謀反人を成敗すると言えば聞こえはええでござるが、その謀反人は徳川の重臣《おとな》でござろう？　徳川が自分で裁くのが筋ではござらぬか」

思った通りで、家来二人は、困難な仕事を安請け合いした主人の軽率さに不満を隠さなかった。

「大賀の話を最初に聞き込んだのは俺だし……ま、乗りかかった船やろ」

安請け合いしたのは、眠気でボウッとしていたからかも知れないが、家来たちから正論で攻められて与一郎は少し苛立《いらだ》った。

「そうは仰るが……」

「もう『やる』とゆうてしもうたんや。それに秀吉様は、アレコレ色々と便宜を図って下さっておられる。今さら『否』とはゆえんわい」

織田領尾張《おわり》と徳川領三河の国境は、境川《さかいがわ》である。その西岸に立つ織田方の境目の城が沓掛城《くつかけじょう》だ。秀吉は、沓掛城主簗田政綱《やなだまさつな》に書状を書き、与一郎に便宜を図るよう依頼してくれた。

「この話は終わりや。明朝早くに岐阜を発つ、よう寝とけや」

と、強引に話を打ち切り、散会した。

三

翌朝、織田木瓜の紋を彫り込んだ矢と毒だけを持ち、雪風に乗って岐阜を出た。

弓は岡崎城下の武具職人の店で買うか、せめて沓掛城で調達するつもりである。

弓は長い。持ち歩けばよく目立つ。しかも今は鉄砲の時代だ。弓はある意味、古色蒼然《こしょくそうぜん》たる得物なのである。「弓を持った侍が歩いている」というだけで人口に膾炙《かいしゃ》しよう。そんなに目立っては、謀殺などできるものではない。

「でも、入手したての弓で射て、当たるものでござるか？」

歩きながら左門が不安げに、鞍上の与一郎に質した。

「ま、選び方にもよるな。必ず弓に弦を張って選ぶべきや」

「ほうほう」

興味津々の左門に対し、与一郎は二点を指摘した。

「まずは弓把《きゆうは》の間隔が大事や。きっかり五寸（約十五センチ）が理想やな」

弓把とは、弓と弦の間隔である。矢を番える辺りで五寸が丁度いい。広すぎても、狭すぎても怪我や射損じ、弓の破損の原因となる。

「その後、素引《すび》きをすれば大概のことは解《わ》かる。要は、妙な癖がついている駄弓を選ばんことや。そうすれば新しい弓でも当たるよ」

「へえ、そんなものでござるか」

「左門、それは弓名人の殿だから言える台詞でな。普通は、使い込んだ弓でないと的になんぞ当たるかいな」

と、横から弁造が笑った。

その夜、与一郎主従は沓掛城に一泊した。

沓掛城は、尾張と三河の境目の城という以外には、これといった特徴のない平城ではあるが、一つだけ逸話がある。永禄三年五月十八日、桶狭間《おけはざま》の前夜、今川義元はこの城を宿にした。翌朝は、沓掛城から桶狭間へと出陣したことになる。

誰が呼んだか――今川義元、最後の晩餐《ばんさん》の城。

翌朝、早くに沓掛城を発ち、境川を渡り、徳川領三河国へと入った。

織田と徳川は同盟関係にあるから、国境に関所のようなものは存在しない。通行勝手である。東海道を南東に向け、主従三人でのんびり進んだ。

国境を越えたからといって、別段、風景が変わるわけでもない。道の左右には、まだなにも植わっていない田圃《たんぼ》が広がっているだけだ。この後、二ケ月《ふたつき》も経てば、見渡す限り稲穂が揺れる豊饒《ほうじよう》の大地と化すだろう。

本日、天正三年三月二十四日は、新暦に直すと五月の四日である。新暦五月の中半《なかば》から下旬にかけての田植えに備え、今は百姓たちが田圃に水を張り、代掻《しろか》きに汗を流していた。この時代の代掻きは大変だ。数回に分け、馬鍬《まぐわ》などを用いて幾度も泥を掻き起こさねばならない。重労働である。

馬鍬とは、土を耕し攪拌《かくはん》するための農具だ。馬や牛に引かせて使用した。ちなみに、牛に引かせても「馬鍬」である。

「大石殿ッ」

背後から馬に乗った武士が追いかけてきた。昨夜泊まった沓掛城の主、簗田政綱の家臣だ。足を止めて彼を待った。

「岐阜から、羽柴様の使いが見え申した」

「で、なんと？」

「決行は四月に入ってから、岐阜の指示を待て……との由にございます」

「伺いました。それがしは、沓掛城に戻らねばなりませぬな？」

「然様《さよう》にござる」

　この男は、陪臣とはいえ騎乗の身分なのだ。歴とした侍だ。与一郎のことを同格以上の人物として遇してくれている。馬に乗り、家来二人を従え、秀吉の書状を持ち、極秘の役目を担う弓の名手が、まさか足軽身分だとは思わないだろう。

（足軽だとバレると、彼我《ひが》ともに気まずい思いをするから、このまま上士の振りをしていよう。「訊《き》かれなかったから言わなかっただけ」で済む話やからな。仕事さえ上首尾なら、そうそう叱られることもあるまい）

　ここで与一郎は深い溜息をついた。

（まったく秀吉様は、いつまで俺を足軽のままにしておくつもりなのか）

　足軽は、武士の最下層である。中間《ちゅうげん》身分が確立されていなかったこの時代にあっては「農民と武士の狭間の身分」だったのだ。鎌倉以来の名門の出自で、元須川城主である与一郎にとって、かなり屈辱的な待遇といえた。

（信長は浅井長政公、浅井万福丸様、我が父の仇や。その織田家で出世しようと

は思わんが……足軽身分では仕事がやりにくい。人付き合いもしにくい）

　ブツブツと心の中で愚痴を言ってみた。

（結局、俺は足軽が嫌なんや。ええ甲冑を着て、従僕を従え、馬で駆け回りたいだけなんやろなァ。「泥水をすすっても、浅井家再興に向けて頑張れるのか」と訊かれたら、建前は兎も角、本音では……）

　小谷が落城した直後には、確かにその気概があったはずだ。

（俺、年々堕落しとるんやろか……）

「では、拙者はこれで」

「え？　あ、はい、かたじけのうござった」

――ぼんやりしていた。慌てて馬上の武士に会釈した。

　簗田の家来は、本当は足軽の与一郎に会釈を返し、馬首を巡らすと沓掛城に向けて駆け去った。

「……参ったなァ」

「どうされました？」

「や、別に、なんでもないけど」

　まさか弁造に、足軽に据え置かれていることで「腐っている」とも言えない。

沓掛城へと戻りながら、主従三人でこの先のことを話し合った。

「なぜ、四月まで待つんですかね？」

「知らん」

弁造の問いかけに、足軽の件で気鬱気味の与一郎が不愛想に応じた。弁造が口先を尖らせ、不満げな顔をした。

「……勝頼が岡崎城を獲りにくるのは、五月の由にござったな」

主人と兄貴分の微妙な感情の縺《もつ》れを調停すべく、左門が介入した。

「勝頼は、甲府から岡崎まで、延々と行軍するでござろうから、その長旅の途中で『肝心の大賀弥四郎が殺された』『謀略は失敗』と聞けば、勝頼はさぞや落胆するだろうと、秀吉様はお考えになったのでござろうよ」

「なるほど。落胆はおろか、面目丸潰れやも知れんな」

さも可笑しそうに弁造が笑った。

勝頼は敵地、それも織田徳川連合の最深部に乗り込むのだ。二万や三万の軍勢は率いてくるはず。もし途中で計画が頓挫し、甲府に引き返すことにでもなれば、勝頼の威信の低下、信用の失墜は計り知れない。幾ら忠勇無双の武田武士団といえども、軍役は、足軽などの軽輩者を除けばほぼ各家臣の「手弁当」なのだ。その出費が、すべて無駄になる。勝頼への不平不満が渦巻くことは想像に難くない。すぐに次の動員をかけることは、事実上不可能になるだろう。武田はしばらく立ち往生となりそうだ。

「甲府から岡崎まで、勝頼はどの道を来る？」

弁造が、物知りの左門に訊いた。

「甲斐と三河の間には、それは大きな山塊が聳え、通せんぼしとるでござる」

大きな山塊――南アルプスである。

「それから、まさか浜松城の近くは通れんでござろう」

「そらそうや。岡崎に着く前に、家康公とひと戦することになるからな」

鞍上から与一郎が同調した。

「となれば、甲府から一旦は諏訪《すわ》に出て……」

「うわ、遠回りやな」

弁造が嘆息を漏らした。

「伊那《いな》谷から美濃を経て岡崎を目指すでござろうよ。ざっと六十里（約二百四十キロ）以上もござる」

甲府から諏訪を経て、伊那谷から中央アルプスの南端をかすめ、岡崎に至る経路だと、実は二百七十キロに近い。歩兵を含む大軍の移動は、日に二十キロが精々だ。ローマの百人隊から、昭和の帝国陸軍まで大体同じような距離である。

後年のことだが、史上名高い「秀吉の中国大返し」でさえも、備中《びっちゅう》国高松《たかまつ》から山城《やましろ》国山崎《やまざき》までの二百余キロに十日をかけた。おおむね、日に二十キロなのだ。

中国大返しのもの凄さは、十日連続で行軍し切ったことにこそ求められる。

勝頼率いる武田勢が、この山越えや峠越えを数多《あまた》含む悪路を移動するなら「二十日はかかる」とみていた方がいい。

「つまり四月の中旬以降、武田勢の出陣を見極めた上で大賀弥四郎を殺せば、最も勝頼に、打撃を与えられるとゆうことやな」

「然様にござる」

「まだ一ヶ月《ひとつき》近くございます。準備万端整えられそうですな」

「うん。岡崎城下に隠れ家を探そう。弓も矢もじっくり試して選ぼう」

与一郎が弁造に頷いた。

四

沓掛城の武器庫から、良さそうな弓を三張《みは》りほど選び、弁造と二人で近くの森へ試射に出向いた。

「ここ、どこぞの神域《しんいき》の杜《もり》やないですか？」

弁造が、木々の間から垣間見《かいまみ》える「鳥居らしきもの」を指さした。

「そうみたいやが、別に鳥獣を射るわけやないから、構わんやろ」

「ま、そうですな」

左門は別行動だ。鍋の行商人になりすまし、岡崎城下に潜入中である。謀殺の根拠地とする隠れ家を探すのと、大賀弥四郎の屋敷を確認するのが役目だ。与一郎は美男に過ぎて目立ち、弁造は巨体に過ぎて目立つ。その点、小太りで中背、長閑《のどか》な表情の左門なら、頭陀袋さえ背負わなければ、あまり目立たない。潜入者としては最も相応《ふさわ》しいのである。

「今回は遠矢ではございませんな」

「うん。半町（約五十五メートル）以内で射て、確実に当てるつもりや」

「半町なら、あの松なんかが、塩梅よろしいかと」

と、老松に近づき、数を数えながら大股で松から離れ始めた。弁造の一歩は三尺（約九十センチ）ある。半町なら六十一歩となる。弁造が歩数を数えている間に、与一郎は三張りの弓に次々と弦を張っていった。立木に立て掛け、体重をかけて撓《たわ》ませ、弦をはめた後、撓《しな》りを戻すと、弦ははずれなくなる。

「……五十九、六十、六十一歩。ここですわ」

「どれ」

弦を張った三張りの弓を見較《みくら》べながら、弁造に歩み寄った。

「あ、これは出木弓《できゆみ》やな……止めとこう」

まずひと張りの弓を候補から外した。

沓掛城の武器庫では感じなかったのだが、こうして弦を張って屋外で眺めてみると、わずかだが弦が弓の左側にきている。

「大体、矢とゆうものは右に飛びたがる。なんも考えんで射れば、的を右に外す。出木弓はそれが激しい。修正もよう効かん」

「それはいけませんな」

残りの二張りは、弦が弓の右側にきている。矢が右に飛びにくいはずだ。ひと張りは、黒漆掛《くろうるしがけ》の重籐弓《しげとうのゆみ》、もうひと張りは雑兵用の数物だが、与一郎はなぜか気に入り、敢えて候補に入れた。曰《いわ》く言い難い直感である。

まずは重籐の弓を試す。矢を番え、大きく引き絞った。

キリキリキリ。

左手親指の付け根にすべての気を集中させた。

(正射必中……南無三)

放つと同時に、左手親指を外側やや下に向かってグイと捩《ね》じった。この捩じりこそが矢を真っ直ぐに飛ばす秘訣なのである。

トン。

矢は半町を飛び、老松の幹に深々と突き刺さった。

「お見事！　素晴らしい」

弁造が褒めてくれたが、若干の照れと、苛立ちを覚えた。

「阿呆、動かぬ半町先の的に当たらねば、俺は弓を捨てるわ」

「これは、とんだ御無礼を」

弁造が、両手を広げて肩をすぼめた。

ただ、内心では「この弓、なかなかよい」と感じていたのだ。当たる当たらないよりも、思い通りに矢が飛んだ。悪くない弓だ。

次に、数物の弓を試すことにした。

矢を番えて、引き絞る。

キリキリキリキリ。

(正射必中……南無三)

ヒョウと放つ。矢は第一矢の矢筈《やはず》に触れるようにして松の幹に刺さった。

タン。

「叱られるかも知れませんが、やはりお見事ですわ」

「かたじけない」

大人げないので、一応は会釈を返しておいた。

「甲乙付けがたいが、今回は数物を選ぼう」

重籐は、明らかに上質な弓である。ただ少し癖があり、あまり練習を重ねる余裕がない今回は、癖のない数物を使うべきだと判断したのだ。長く使い込んで一町(約百九メートル)先の的を狙うなら、与一郎は迷わず重籐を選んだろう。

数物の弓は、木と竹を幾本も複雑に張り合わせ、幅広の籐で六ヶ所ほどに巻き付けて補強してある。弓足軽に貸し出す安価な弓だろうが、なかなかの秀作だ。

数日後、左門が岡崎城下の偵察から戻ってきた。

岡崎近郊の農家の納屋《なや》を隠れ家として借り上げ、大賀弥四郎の屋敷と暮らしぶりを眺めてきたそうな。

「で、どうや。おまいの率直な印象として、やれそうか？」

「大丈夫、やれるでござるよ」

有能な家来が、力強く頷いてくれた。


翌日、与一郎主従は、三人連れ立って岡崎城下へと入った。但し、デカい弁造は目立つので、雪風を引かせて、左門が用意した隠れ家に直行させた。別の意味で目立つ与一郎は、顔に晒を巻いて徒《かち》でいく。

与一郎が、岡崎城を見るのは初めてのことだ。

「あれが、家康公御誕生の地、三河岡崎城にござる」

「思うとったより大きな城やな」

城を見て与一郎が、感想の第一声を上げた。

「五千人で籠られると、攻め手は往生しそうや」

理論上、城兵の数が多ければ多いほど城は落ち難い。防御に穴ができず、交代制を採れば「夜討ち朝駆け」にも対応できるからだ。ただ、城兵が増えれば兵糧が早く底をつく。長期の籠城は難しい。その辺を勘案して武将たちは籠る城兵の適正な数を決めるのだ。

岡崎城は、信長居城の岐阜城と家康居城の浜松城のほぼ中間地点にあった。濃尾平野の東端に位置する平城である。城主は家康の嫡男、松平信康だ。

東から流れ来る乙川《おとがわ》と、その支流で、北から流下する伊賀川《いががわ》の合流地点に立っていた。乙川と伊賀川を外堀となし、その水を引き込んで内堀を設《しつら》え、いわば二重の水堀で守りを固めている。さらには、城の四半里（約一キロ）西には矢作川《やはぎがわ》が南北に流れており、水城とまでは呼べないが、攻めるとなるとなかなかに厄介そうな城であった。ただ、石垣や天守はない。土塁を搔き上げ、隅櫓《すみやぐら》が高く聳えて敵襲に備えている程度だ。近代城郭として岡崎城に天守が建つのは、四十二年後の元和《げんな》三年（一六一七）、本多康紀《ほんだやすのり》が城主となるまで待たねばならない。

城下町は乙川の北岸に、城を囲むようにして広がっていた。城の北には、家康の父、松平広忠《ひろただ》や祖父松平清康《きよやす》、祖母春姫《はるひめ》の霊廟《れいびょう》がある大林寺《だいりんじ》が立っている。その傍らの肴《さかな》町に、大賀弥四郎の屋敷はあった。

「毎朝五つ（午前八時頃）、大賀は登城するでござる」

「馬か？」

「然様でござる」

「騎馬は大賀一人か？」

「御意にござる」

行列の中で標的ただ一人が、人の頭の上に顔を出して進んでくるということだ。まるで「標的は私です。間違わぬように射て下さい」とでも言っているようではないか。

「供揃えは？」

「徒士と従僕、合わせても三、四人にござる」

「そりゃ、ええな」

思わず、左門と顔を見合わせて微笑んだ。供の数が少ないこと、騎馬武者が大賀一人であることは襲撃側にとって有利だ。総じて、登城途中で毒矢を射込むのは容易《たやす》そうだ。

問題は「どうやって謀殺現場から離脱するか」であろう。田舎の城下町のことである。「人混みに紛れて逃げる」というわけにもいくまい。

「その点は、ウラに考えがござる」

知恵者の左門が案を示した。

「まず殿は……」

朝、登城する大賀の行列の後方から追い抜く形で、騎乗の与一郎が駆け抜ける。無論、顔は面頬《めんぼお》か覆面で隠しておく。流鏑馬《やぶさめ》の要領で毒矢を大賀に射込み、そのまま馬で沓掛城を目指すのだ。現場からの離脱には襲歩（約時速三十五キロ）を用い、その後は駆歩（約時速二十キロ）で距離を稼ぐ。

岡崎城と沓掛城は、直線で四里半（約十八キロ）ほど離れているが、途中で馬を替えれば、半刻（一時間）ほどで境川を越え、沓掛城に逃げ込めるだろう。

「馬を替えるやと？」

「途中、安城《あんじょう》辺りで弁造の兄貴かウラが『替え馬を用意して待機』するのでござるよ」

繰り返しになるが、駆歩は半刻（約一時間）に五里（約二十キロ）走るが、大体、四半刻（約三十分）も走らせると馬は限界となってしまう。そこで新しい馬に替えようというのだ。

「実際に弓を射るときの馬は、雪風がええ。逃走用の替え馬だけを頼む」

「ご用意致すでござる」

「流鏑馬は矢を射る折に手綱を離す。馴れておらんと、馬は暴れるぞ」

「如何ほどで馴致《じゅんち》は可能にござるか？」

「雪風とは越前府中以来の付き合いや。まずは三日もあれば」

「心得たでござる」

左門が頷いた。

その後、肴町にある大賀弥四郎の屋敷に回った。意外に質朴な、俸禄二百貫（約四百石）に相応しい屋敷と言えた。佇《たたず》まいが古武士然としており、好感が持てた。大賀は敵国武田に内応した唾棄すべき匹夫《ひっぷ》には相違ないが、欲得絡みの裏切りではないのではあるまいか。

（ま、世の中銭だけやないからなァ。女、禄高、名誉、遺恨……裏切りの理由《わけ》ぐらい、なんぼでもあるからなァ）

真相を聞けば、思わず同情したくなるような動機が、あるいは秘められているのかも知れない。

（や、俺の役目は、真相を究明して大賀弥四郎の理非曲直《りひきょくちょく》を断ずることやない。俺は、秀吉様の家来として、織田徳川連合の視点から、裏切者を成敗する……そ

れだけや)

「な、左門」

「へい」

大賀屋敷を後にして、隠れ家として借りた農家の納屋に向かいながら、与一郎は左門に質した。

「大賀弥四郎は、俺の標的や」

「その通りにござる」

「実際に射殺す前に、一度野郎の顔をよく見て目に焼きつけておきたい」

「勿論でござる。明朝から五つ(午前八時頃)には、必ずここに来るでござるよ。物陰から大賀の登城風景をご覧になり、標的の顔をよくよく覚え込むでござるよ」

と、左門が微笑んだ。


岡崎城の西側、乙川と矢作川の出会いにある八丁《はつちよう》村に、左門は隠れ家を借りていた。農家の納屋である。昔は牛を飼っていたらしいが、現在、牛はおらず、農具置場や物置として使われていた。

ちなみに、八丁村の名の由来は「岡崎城から八町（約八百七十二メートル）西方にある村」との意である。後日、村は豆味噌の生産地として名をあげる。

納屋の扉をガラリと開けると、右手の囲いの中で雪風が飼葉を食んでいた。元はこの場所で牛を飼っていたのだろう。中は薄暗く、丸石を円錐《えんすい》形に積み上げた味噌樽の背後で人の気配が動いた。

「あ、殿、お帰りなさいまし……御首尾は如何でございましたか？」

樽の陰から、弁造が姿を現した。驚いたことに全裸だ。丸めた小袖を手に持ち、陰部だけを隠している。

「お、おまい、なにをしとるんや？」

ただならぬ気配に動揺した与一郎が家来に質した。

「武士の情け。お願い、しばらく目を瞑《つぶ》っては頂けませんか？」

と、申し訳なさそうに片手で拝んだ。合掌しないのは、もう一方の手が陰部を隠すので塞がっていたからだ。

「め、目を瞑るだと？」

ただ、「武士の情け」を持ち出されたからには仕方がない。与一郎と左門は、その場で目を瞑った。薄眼を開けて見たりしないのが武士の矜持《きょうじ》である。

ややあって傍らを白粉《おしろい》の香が、コソコソと駆け抜ける気配がした。目を開けると、弁造はもう小袖を羽織って帯を締めにかかっていた。

「ま、野暮な詮索はせんが、今少し真剣にやってくれ」

「す、すんません」

「見ろ」

と、傍らの左門を指した。

「相棒も腹を立てておるぞ」

真面目な左門は、顔を真っ赤にし、黙って弁造を睨みつけている。

「おまいの、そういうふしだらで節操の無いところに我慢がならんのや。いつまで山賊気分が抜けんのか」

「も、申しわけないです」

弁造は、与一郎に深々と頭を下げた後、左門に向き直り合掌して詫びた。

「済まんな左門、今後は心を入れ替える」

「……………」

左門は、黙して語らなかった。

五

武田勝頼の動きは早かった。早くも四月一日には甲府を発ったのだ。甲府に潜行中の織田の隠密が「勝頼、動く」の一報を岐阜にもたらしたのが四月四日で、その日の夜には、秀吉から沓掛城の与一郎に「遅くとも今月十四日までに、大賀を殺せ」との指令が届いた。

「一日に甲府を発った大軍が、十四日以前に岡崎に到達することはあり得ない」

との、秀吉なりの判断であろう。

「いよいよですな」

「やってやるさ。いつでも来いや」

標的である大賀の顔は確認したし、さらにここ四日ほど、雪風を、八丁村のはずれで徹底的に乗り回した。今では馬上で弓を射ようが、手綱を放そうが、与一郎を信頼して落ち着いたものである。馬の気分を読み、心を摑むのは与一郎の特技だ。この技が人にも生かせれば、今少し生き易くなるのだろうが——人と馬とでは、どうも勝手が違う。

翌朝からは弓を手に、左門と二人で大賀邸を見通せる竹藪《たけやぶ》内に潜んだ。与一郎は、小袖に伊賀袴、菅笠を目深にかぶり、晒を顔に巻いて容貌を隠している。

「ええか」

左門に小声で囁きかけた。

「へい」

「門から大賀の行列が出てきたら、一旦はそのまま行き過ぎさせるんや」

「へい」

「ゆっくり後方から馬を出し、徐々に足を速め、追い抜きざまに毒矢を射込んでくれる」

射込んだ後は、そのまま鞭を入れて駆け去るのみだ。弁造が替え馬を連れ、安城近郊で待機している。安城は、岡崎と沓掛城のちょうど中間辺りだ。

「ただ殿、騎乗で弓を持ち、顔には晒を巻いておられる……かなり怪しい風貌でござるぞ」

左門が胡散臭《うさんくさ》げな目で与一郎の装束を眺めた。

「そうや。よう目立つんや。となれば一発勝負。二度目はない。おまいはここからよく見渡して、通りに人が、別《わ》けても馬に乗った者が居らんことを確認してから、俺に合図をよこせ」

人なら追われても振り切れるが、馬に追われると逃げきれない恐れがある。

「お、出てきたでござるぞ」

左門が肘で与一郎を突っ突いた。

「あかん……だめや」

大賀邸の門から数名の行列が出てきた。大賀らしい騎乗の侍も見える。そこは注文通りだが、登城中らしい別の騎馬武者がやってきたのだ。

「今朝は中止や」

「承知。門から出てきた栗毛《くりげ》馬に乗っているのが大賀弥四郎にござるぞ」

と、左門が念をおした。

「よし、いま一度、標的の顔をよく見ておこうか」

菅笠の縁を持ち上げて、通り過ぎる大賀の顔を凝視した。距離は五間（約九メートル）ほどあったが、それでもじっくりと観察できた。四十絡みの実直そうな人物だ。

（謀反を企《たくら》むような性質《たち》には見えんが……ま、本性を隠すのが上手いだけやも知

れん。真の悪党の証とも言えそうやな)

「左門、納屋へ戻るぞ」

「へいッ」

二人は竹藪を後にした。

隠れ家に戻り、矢羽根の手入れなどしていると、午《うま》の下刻（午後零時台）には替え馬を引いて弁造が隠れ家に戻ってきた。

「今朝は中止でしたのか」

「面倒をかけるが……また、明日や」

連絡手段がないので、巳《み》の上刻（午前九時台）までに与一郎が安城に姿を見せなければ、その日の謀殺は中止と判断して、弁造も安城を引き揚げ、隠れ家に戻ると決めていたのだ。

翌日からも、無駄骨を折る日々が続いた。往来を騎馬の者が通ったり、鉄砲足軽の一隊が行軍していたり、辰《たつ》の下刻（午前八時台）になっても、大賀が出てこないこともあった。

その度に、与一郎と左門は項垂《うなだ》れて納屋に戻り、午の下刻になると替え馬を引いた弁造が、不機嫌そうな顔つきで戻ってきた。

「なかなか上手くいかんものやなァ」

今朝も竹藪の中に潜みながら、与一郎が小声で呟いた。

「殿……本日は十日でござるぞ。今日を入れても残り五日しかござらん」

「参ったなァ」

「今日も駄目だったら、なんぞ他の手立てを考えるでござるよ」

「一つ妙案を頼むわ。頭を使うことは、左門に任せる」

「情けないことを……あ、出てきたでござる」

大賀邸から人馬が出てきた。ここ数日見慣れた大賀弥四郎が先頭で馬を進めている。供回りは三人。しかも、折よく通りには他の人影がない。

「おい。これ、行けるんやないか？」

「殿、好機でござるぞ」

「俺は雪風のところに行く。左門、見届けは頼んだ」

「心得たでござる」

小声で言葉を交わし、竹藪の中で別れた。鍋の行商人姿の左門は、この場に残り、与一郎が矢を射込んだ後、野次馬の一人として、大賀弥太郎が確かに死んだか否かを確認する役目だ。

竹藪の中に繋いでいた雪風の轡を摑み、馬を先導して小径《こみち》を進んだ。

「俺のゆう通りに走ればええ。怖れることはなにもない」

道に出ると、下帯を確認した後、前輪を摑んで身を押し上げ、鞍に跨った。菅笠に晒で顔を隠し、左手に大弓を、毒矢二本を右手に持った。

「よし、頼んだぞ」

馬の鬣の辺りを、ポンポンと二度叩いてから優しく声をかけた。雪風がブルンと鼻を鳴らすのと、与一郎が小さく鐙を蹴るのが同時だった。

ポクポク。ポクポク。

この時代の馬に蹄鉄《ていてつ》はない。蹄《ひづめ》を保護するためには馬沓《うまぐつ》を履《は》かせる。馬沓とは、つまり円形の草鞋だ。道は泥道——総じて、然程《さほど》の足音はしない。

ポクポク。ポクポク。ポクポク。

常歩でゆっくり進む大賀の行列に、速歩でどんどん追いつく。

（ええぞ、ええぞ……そのまま、そのまま）

弓を立て、弦に一本目の毒矢を番えた。予備の一本は右手の薬指と小指で摘《つ》まんで持っている。

キリキリ、キリキリ。

弓を大きく引き絞った。

ポクッポクッ。ポクッポクッ。

馬は、速歩から駆歩になっている。向かい風が菅笠をバタつかせた。

最後尾を歩いていた従僕がふと振り返り、背後から弓が狙っているのに気づいて目を剝いた。

「と、と、殿ッ」

（正射必中、南……うッ）

路地から歩み出てくる騎乗の侍が二騎——ちらと目の端に映った。

行列に背後から迫り、弓を引き絞り、今まさに射んとしている姿を、もろに見られた。

「こらァ。おまん！」

うち一騎が怒鳴った。

鞍上の大賀が振り返り、与一郎と弓を認めて恐怖に顔を引き攣《つ》らせる。

（ええい。ままよ……正射必中、南無三）

気を取り直し、行列を追い抜きざまにヒョウと放った。

ドン。

毒矢は狙い違わず、大賀弥四郎の眉間に深々と突き刺さる。もう毒矢云々《うんぬん》は関係ない。眉間を射抜かれれば、たいがい人は死ぬ。

悲鳴も上げず、大きく両眼を見開いたまま鞍から転がり落ちる大賀の傍らを、一瞥《いちべつ》もくれずに与一郎は駆け抜けた。馬の足はもう襲歩である。

ポクッポクッ。ポクッポクッ。ポクッポクッ。ポクッポクッ。

神速で現場を離脱した。振り向けば、二騎の侍が血相を変えて追ってくる。

「待てェ。待たんかァ！」

(阿呆ッ、待てるかい！)

さらに雪風を急かせた。

(糞ッ。つくづく俺には運がない！)

と、己が不運を呪いながら、馬の尻を弓の本筈《もとはず》で叩いた。

城下を走り出て、人気《ひとけ》のない雑木林に差しかかった。

二騎は執念深く追ってくる。この先も諦めることはなかろう。城下で重臣が射殺されたのだ。犯人を取り逃がしたとあっては、この二騎も責任を問われかねない。

（この先には伊賀川が流れとる。うまく浅瀬があればええが、もし足の立たない深みを渡るとなると厄介や）

当時の馬は小柄で浮力が足らず、人を乗せたまま泳ぐことはできない。沈む。人は下馬し、鞍を摑んで馬の横を（乃至《ないし》は後方を）ともに泳ぐしかなかった。ただそんな悠長なことを、殺気立った追跡者たちが許してくれるとは思えない。背後から斬りつけられるのがおちであろう。

（川に出る前に、勝負をつけた方がええな）

毒矢はまだ一本残っている。弦に矢を番えながら後方を窺った。正面から見ると、馬の大きな頭に遮られ、標的たる人が小さく見える。馬自体を射てもいいのだが――そもそも馬術の上達は、まず馬を好きになることから始まる。例に漏れず与一郎も馬好きだ。できれば酷いことはしたくなかった。

（とりあえず、真っ直ぐな道が続いとる。射るなら今や）

「このまま林の中を真っ直ぐや。真っ直ぐ走ってくれ」

と、雪風に一声かけ、鞍上で大きく振り返った。弓を構え、引き絞る。

キリキリキリ。

それを見た追跡者二騎は、鞍上で身を伏せ、馬の頭に隠れた。

いくら与一郎が弓と馬の名手でも、これでは馬の頭が邪魔で狙えない。当たらない。どうするか——

(糞ッ。卑怯者《ひきようもの》どもめ)

「こらァ、三河のド百姓がァ!」

弓を引き絞ったまま、与一郎が叫んだ。

「徳川の先祖は、宿無しの物乞いだったらしいのう!」

これは、徳川家の始祖と言われる松平親氏《ちかうじ》が、遊行僧の徳阿弥《とくあみ》と称して諸国を流転した後、松平郷に流れ着いた故事を指す。なまじの根拠があるだけに、これを指摘されて激高しない三河衆はいない。

「たァけ! 物乞いでねェわ!」

一人が激怒して顔を上げた。馬の長い頭の上に、人の丸い顔が出た。

(そら、出た)

ヒョウと放つ。

ドン。

「うがッ」

顔の真ん中に毒矢が突き刺さり、武士は疾駆する馬から転がり落ち、松の根方に衝突して止まった。

（あと一人や）

もう矢がない。与一郎は惜しげもなく弓を投げ捨てた。見る限り、相手の得物も打ち刀だけのようだ。

（ここは、刀と刀で勝負といこうやないか）

鐙を踏ん張り、手綱を思いきり引いた。嘶《いなな》きながら雪風が止まった。すかさず馬首を巡らせて、最後の追跡者に向き直る。自分の方から馬を下りるつもりはない。騎馬戦上等だ。腰の打ち刀を抜いて右手を振り上げた。

「いざ、尋常に勝負！」

相手も抜刀するのを確かめた上で、鐙を蹴って馬を進めた。

源平期の騎馬武者同士の一騎打ちさながらに馬を寄せ、左手で手綱を持ち、右手一本で刀を振り上げ、振り回し、正面から切り結んだ。

ギンギン。ギンギン。

疎《まば》らな雑木林の中に、盛大に火花が散る。

通常、甲冑を着込んだ相手を、刀で「斬る」ことはできない。どうしても刀で仕留めたいのなら、具足や兜の隙間を狙って「突く」のが心得である。ただ今回は、互いに甲冑を着ていないから斬殺も可能と判断した。

尤《もっと》も、打ち刀は本来「両手で持って使う得物」である。源平期の太刀《たち》のように、騎馬武者が片手で扱うことを前提に造られていない。打ち刀が、太刀より短く、反り（湾曲）も少ない所以《ゆえん》である。与一郎と追跡者の一騎打ちも、まるで鉄の棒で殴り合うかのような、不体裁な戦いとなった。無闇矢鱈と刀を振り回すから、つい小さな傷ばかりが増える。馬の頭や首も傷つけてしまう。互いに致命傷こそないが、返り血を含めて、全身血塗《ちまみ》れになった。相手への憎悪、敵愾心《てきがいしん》ばかりが募っていく。

ギンギン。

「糞がッ」

「ブヒン、ブヒン」

興奮した雪風が相手の馬に嚙みついている。愛馬も一緒に戦ってくれているのだ。この勝負、絶対に負けられない。

（ただ、これでは埒《らち》が明かん）

刀を振り回しながら与一郎は考えた。

（もう片手斬りは止めや。特段、大男とゆうほどでもない。馬から引き摺《ず》り落と

して、組み敷いて、首を掻っ切ってくれる)

戦場で敵を馬から落とす場合、当世袖や兜の錣《しころ》を摑んで引っ張るのが心得だが、今日の相手は甲冑を着ていない。少々心細いが袖先を摑んで引っ張ると、案の定、ビリリと盛大に破れた。衣服は破れ、全身血塗れでも双方が元気で延々と叩き合う——まるで童の喧嘩である。

(ならば、これでどうや!)

刀を水平に薙《な》ぎ、相手が身を仰《の》け反《ぞ》らせた瞬間、与一郎は身を屈《かが》め、敵の袴を摑んで上へと持ち上げた。さすがに袴は破れない。

「うわッ」

右足が宙に浮いた相手は、鞍上で均衡を崩し、向こう側の草叢《くさむら》へドウと落馬した。

(よし、今やッ)

雪風から跳び下りざまに襲いかかろうとしたが、逃げ惑う二頭の馬に遮られて一瞬だけ跳びかかるのが遅れた。見れば、相手はもう立ち上がり、刀を両手で持って構えている。

(万全かよ……でも、これなら打ち刀らしい戦いができる。勝負は早いぞ)

双方正眼に構え、間合いを測った。

「拙者は徳川家家臣、平岩官兵衛《ひらいわかんべえ》と申す。貴公は何者か？　名を名乗れ」

(阿呆ォ、名乗るわけには参らんのよ)

「なにゆえ大賀殿を射殺した？」

双方ジリジリと近づく。

「…………」

「だんまりか？　顔すら隠して……」

忘れていたが、顔には晒を巻いていた。薄布はすでに、血に赤く染まっている。返り血だか、自分の血だかわからない。

さらにジリジリと近づく。

「ふん、卑怯な奴だわ」

言葉も陽動のうちだろう。侮辱して苛つかせようとしているのだ。

「武士の風上にも置けんなァ」

間合いに入った刹那、平岩は肩の動きで小さく陽動を入れた後、与一郎の籠手《こて》を狙ってきた。切っ先の振幅が小さい。速い。

ブン。

間一髪で右手を放し、一歩後ずさって難を避けた。

平岩、すかさず踏み込み、横に薙いでくる。

ブン。

(糞ッ。押しまくられとるやないか。こやつ、剣豪か？)

馬上で、闇雲に片手で振り回していた打ち刀とは違う。両手で持ってきちんと振れば、世界に冠たる必殺の武器だ。腕でも首でも容易く両断する。

両者は間合いを取り、睨み合い、膠着《こうちゃく》した。

(勝ち方に拘る必要はない。勝つことにのみ集中しよう)

ふと、最前破れた相手の右袖が目に入った。

「やり難《にく》そうやな」

与一郎の方から声をかけた。

「なにが⁉」

つっけんどんな返事だ。ま、殺し合いの最中なのだから仕方あるまい。

「肘に、破けた袖が絡まるぞ」

「ん」

ほんの一瞬、ちらと視線が肘に行った隙を突き、与一郎は踏み込んだ。

ブン。

振り下ろした切っ先こそ空を切ったが、いなして避けた相手の体勢は大きく崩れた。そこにつけ込んで、さらに踏み込む。間合いは十分だ。

ブン。

ギン。

与一郎が横に薙いだ刀を、かろうじて刀身で受け流したが、もう平岩にゆとりはない。切羽詰まっている。与一郎の目前に、刀を握った右の前腕が無防備に突き出された。

（もろた！）

ブン。

手首を返す間ももどかしく、上から一気に斬り下げた。

ブツッ。

肉と骨を両断する音が同時に聞こえ、夥《おびただ》しい鮮血を吹きながら、平岩官兵衛の前腕がコロリと落ちた。

これで勝負あり。

与一郎は、余裕を持って二の太刀を浴びせた。

「ギャッ」

袈裟に斬り下げ、平岩に止《とど》めを刺したのだ。

与一郎は、雑木林の中にただ一人、死体の傍らに立っていた。平岩は両眼を見開いたまま往生している。四間（約七・二メートル）四方の草が薙ぎ倒され、血《ち》飛沫《しぶき》で赤く染まっていた。凄惨だ。肩を激しく上下させて息を整えていると、フッと首筋に生暖かいものが触れた。

「わッ」

と、振り返る――雪風だ。雪風が戻ってきてくれたのだ。なんとも嬉しく、心強く、愛おしく、与一郎は馬の顔に頬ずりをした。

六

翌日、与一郎主従三人は岐阜へと戻った。決まったねぐらもないので、元の足軽小屋に荷を解いた。

「結局、ここでござるかァ」

左門が囲炉裏に薪をくべながら、狭く、むさ苦しい室内を見回した。藤堂に率いられて他の足軽たちは越前にいる。その間、この小屋は空家だったのだ。

「不満面をするな。俺らは正真正銘の足軽身分や。足軽小屋が住処《すみか》でなにが可笑しい」

「そら、ま、そうでござるが……」

左門の不満も分からぬではない。与一郎主従は、武田に内応した徳川の重臣を岡崎まで乗り込んで、見事に仕留めてきたのだ。武田勝頼は現在、三河に向けて進軍中と聞く。内応者の生き死にには、織田家と徳川家の存亡がかかっている。そんな重責を担わされる足軽がおろうか。少しは待遇を改善してくれ——左門は、そう言いたかったのだろう。

「殿」

入口から弁造が顔を覗かせた。

「秀吉様は、いまも岐阜に滞在しておられるそうですわ」

「そうか」

近々《きんきん》にも、武田との大戦《おおいくさ》が始まるやも知れない。秀吉も領地小谷で安閑としている気にはなれなかったのだろう。

秀吉が同じ城下にいるなら話は早い。

与一郎は、片桐を通じて「報告に出向きたい旨」を秀吉に伝えた。すぐに呼び出しがきて、与一郎一人が岐阜城下にある秀吉の屋敷へと赴くことになった。

「おうおう、どうしたその面ァ。美男が台無しだのう」

錦地《にしきじ》の胴服を着た秀吉は、書類を読むのを止め、広縁に畏まる与一郎の顔を覗き込んだ。平岩官兵衛との一騎打ちで、あちらこちらに切り傷や打撲痕ができている。

「寄れ」

と、差し招くので、広縁から室内へと入り、文机の横で平伏した。

「女にでも掻かれたか？」

「………」

「ヒヒヒ、よほど激しい性質《たち》の女と見ゆる。ワシにも一度、味見させろや」

「大賀弥四郎、確かに討ち取りましてございまする」

戯言《たわごと》は委細無視して報告した。してやったりである。この猿顔のド助平が、ざまをみろだ。気分がよかった。ところが——

「うん、知っとる。ようやったがね」

と、素っ気ない返事が戻ってきた。

（知っとる？　知っとるとはどうゆう意味や？）

「妙な面ァするなや」

　と、右手を伸ばし、与一郎の左頰をつねった。

「そら、大事な仕事を託したんや。おまんを信用しとらんわけではねェが、物見ぐらい出すわさ。おまんの周囲に五人はおったんやぞ」

「はあ」

　まったく気付かなかった。その五人が、昨夜の内に「大賀の謀殺に成功」との報せを岐阜にもたらしていたようだ。

（あほらし……五人も隠密を忍ばせるなら、いっそそいつらに大賀を討ち取らせればよかったんや。なにも俺がやらんでも……）

「や、おまんがやったからこそ、意義があるんだがね」

「え……」

　秀吉に、心の動きを読まれているようで薄気味悪かった。

「ま、ええわ。これから岐阜城に上る。与一郎、供をせい」

　と、秀吉が立ち上がった。

「あの、岐阜城にでございまするか？」

岐阜城には与一郎の天敵の信長がいる。主人浅井長政と父遠藤喜右衛門の仇だ。否、もう一人浅井万福丸の仇でもある。もう不倶戴天《ふぐたいてん》で――

「ええから、ついてこい」

秀吉はそう笑うと、奥に向かい「佐吉、登城するがや」と叫んだ。


標高百十丈（約三百三十メートル）の金華山の頂上に岐阜城の天守が聳えていた。麓に立つ居館からの比高も百丈（約三百メートル）はあるから、結構な山登りとなる。秀吉についてつづら折りの坂道を、大汗をかきながら上った。

秀吉の供回りは、石田佐吉と警護役の大柄な小姓が二名、それに与一郎の都合四人だけである。秀吉は、北近江十二万石の大名だが、岐阜では、信長のいち家臣にしか過ぎないのだ。偉そうに大勢を引き連れてのし歩くことは許されない。

「幾度上っても、この坂だけは、えらいのう」

今年三十九歳になった秀吉は、さすがにへばっており、護衛の小姓が交代で主人の背中を押していた。

「麓にあんな立派な御殿があるのやから、麓に住まわれたらええのに」

実際、信長は麓の御殿には住まず、物好きにも天守に住んでいた。

「佐吉よ、そうは思わんか?」

と、傍らを歩く石田佐吉に同意を求めた。

「御意ッ。ただ、山の上は風もよう通りますし、景観も抜群。上様のお気持ちも私にはなんとなく……」

「分かるか?」

「御意ッ。それに……」

「それに?」

秀吉が喘《あえ》ぎつつ、ギロリとお気に入りの小姓を睨んだ。

「上様御自身は、滅多なことでは麓に下りてみえません。つまり、坂道に喘ぐのは『家臣どもだけ』とニヤニヤしておいでなのでしょう」

「ハハハ、なるほど」

秀吉が笑ったからいいが、一つ間違うと、石田は随分と危ない話をしている。石田は元々、与一郎同様に浅井家の家臣だった。主家を潰した信長に好感を抱いていないことは容易に想像ができた。

山頂の天守は、四層五階の立派なものであった。与一郎は天守に上るのは今回が初めてである。実は「天守という存在」を知ったのも、ここ岐阜にきてからなのだ。小谷城に天守はなかったし、己が居城であった須川城は勿論、山本山城《やまもとやまじょう》や横山城《よこやまじょう》にも天守はなかった。

（徳川様の岡崎城にも、隅櫓こそあったが、天守など見当たらなかったぞ）

つまり天守とは——時代の先端をいく新進気鋭の城郭施設と言えた。

信長は現在、琵琶湖畔の安土山《あづちやま》に新城を造営中である。金色と朱色の六角堂を戴く五層六階の大天守だそうな。ただ、この岐阜城の天守でも、与一郎の目からすれば、相当に凄い。

「ここで待っとれ」

そう近習《きんじゅう》たちに言い残し、秀吉はただ一人、ひょこひょこと天守内の階段を上って行った。

天守の一階はだだっ広い板敷の空間である。中央部には二尺（約六十センチ）四方の巨大な角材を四本束ねた大黒柱が屹立《きつりつ》しており、天井を貫いて上の階へと連なっていた。すべての規模が雄大だ。

板敷には、三々五々武将の近習らしき者たちが座り、主人の帰りを待っていた。中には具足を着た者も交じっている。勝頼の大軍が三河に向かっていることは誰もが知っていた。織田家は今や、臨戦態勢にあった。

「大賀を射殺した現場を、三河衆に見咎《みとが》められたやに伺ったが？」

石田佐吉が声を潜め、与一郎に質した。

(俺は、大賀を射殺したとしか秀吉様にはゆうておらん。石田佐吉の耳に入っているということは、隠密からの報せであろうなァ)

いずれにせよ露見しているからには、しらを切るのは無駄骨だ。

「偶然、見られましてな。馬で追われて往生し申した」

「馬を走らせながら鞍上で振り返り、まず一人を射殺されたとか」

「え……はい」

すべて詳細に知られているようだ。大方、相手を罵倒して顔を出させたことも聞いているのだろう。

「やるのう」

大柄な荒小姓の一人が唸った。

「本日、殿（秀吉）が貴公を天守に同道されたのは、上様（信長）に貴公の赦免《しゃめん》を上申するためでござろう。これほどの武功を挙げられたのだ。よもや上様も否とは申されますまい」

「有難いことに存じます」

薄々そんなところだろうとは思っていた。

「おい、与一郎、こいや」

階段の上から秀吉が顔を覗かせ、与一郎を手招きした。

石田らに会釈してから席を立ち、小走りに階段を上る。

トントントン。

秀吉のすぐ下で足を止め、頭を下げた。秀吉は与一郎の小袖の肩を摑み引き寄せた。耳元に口を寄せ、低い声で恫喝《どうかつ》した。

「こら与一郎、上様への無礼は一切許さん。おまんは『はい』か『いいえ』か答えて、後は平伏しとればそれでええ。分かったな」

「はッ」

「もし腹でも立ったら、万寿丸殿の顔を思い出せ。浅井家再興に思いを馳《は》せよ」

「あの……」

「な・ん・ら？」

さらに顔を寄せ、憎々しげに睨みつけてきた。

「それがし、万寿丸様にお会いしたことはございません。よって御尊顔を思い出そうにも……」

「たァけ」

と、月代の辺りをペチンと叩かれた。


岐阜城の天守最上階は、二十畳ほどの板敷の空間だった。四方の板戸をすべて外してあり、よく風が抜ける。

信長は朱色の地に、黒い円環を幾つも描いた大胆な小袖を着流し、足を投げ出して柱にもたれかかっていた。秀吉が畏まり、平伏しても知らぬ顔でそっぽを向き開口部から空に浮かぶ雲を眺めている。まるで無頼《ぶらい》の徒か、さもなくば、正気を失っているように見えた。

(信長……)

与一郎、天守最上階に足を踏み入れた瞬間から、体の震えが止まらない。決して臆しているのではない。完全なる武者震いだ。二間(約三・六メートル)先にいるのは父と主君の仇だ。女子供にも容赦のない残忍な魔王だ。腰の脇差《わきざし》を抜いて跳びかかれば、ほぼ殺せる。太刀持《たちもち》の小姓は子供だし、小男で百姓上がりの秀吉は問題にならん。むしろ信長自身が剽悍《ひょうかん》そうだが、年齢は四十を越えているし、体技では与一郎の敵ではないだろう。

（や、殺《や》るか……）

立ったまま、そろそろと左腰に手が行きかけたとき――

「たァけ！　御前である。控えんかい！」

秀吉が振り返って吼《ほ》えた。胆を潰して、思わずドシンと腰を下ろした。

呼吸が荒くなり、ガタガタと体が震えている。

（浅井家再興の日まで、信長め、今少し生かしといてくれるわ）

と、内心では不敵なことを思いながらも、秀吉の背後で平伏した。

長らく沈黙が流れた。与一郎の呼吸が治まってきた頃――

「大賀弥四郎の件、大儀」

阿呆の親玉が、こちらを見ずに呟いた。鼻にかかった甲高い声だ。

「有難きお言葉にございまするッ」

と、秀吉が平伏したので、与一郎もこれに倣《なら》った。

「ただ……」

と、信長が首を回し、与一郎を睨み、扇子の先で指した。

「刑場を襲って罪人の首を奪ったのもワレゴやな。その罪科は消えんぞ」

「畏れ入りましてございまするッ」

と、再び平伏した秀吉の彼方《かなた》で信長が動いた。秀吉の背を飛び越えるようにして、与一郎の前に立った。もう、すぐ目の前だ。顔を上げて睨んでやろうと思うのだが、平伏の体勢のまま体が動かない。

「構わん。面《おもて》を上げィ」

そう言われて、与一郎がやっと顔を上げた刹那《せつな》——

パシッ。

信長は手に持った扇子で、与一郎の首を強《したた》かに打ち据えた。

「これで首は落ちた。ワレゴは死んだ。今より転生《てんせい》し、ワシに仕えよ。以上だ」

「ははッ」

信長が歩み去る足音に向かい平伏した。打たれた首がジンジンと痛んでいた。

待ってましたとばかりに、秀吉は与一郎を騎乗の身分へと取り立て、百貫（約二百石）の俸禄を与え、己が馬廻衆《うままわりやく》へと登用した。

「どうだ？　不満か？　ん？　あ？」

ニヤニヤと恩着せがましく微笑みながら、秀吉が顔を寄せてきた。

「不満などとんでもない。有難うございます。精一杯、御奉公いたしまする」

　これは世辞ではない。本心だ。

　馬廻衆は、小姓とならぶ大名の最側近である。

　戦場では物見役、伝令役、護衛役として大名の傍近くに配置された。小姓は知恵と愛嬌《あいきょう》が勝負の事務官で、馬廻衆は腕と度胸で勝負する武官との色分けだ。腕に覚えの荒武者にこそ適性がある。

（ま、俺向きやな。知恵や愛嬌より、槍や刀を振り回しとる方が俺の性に合っとるわ）

　と、与一郎は家来の適性をよく考えて配置する秀吉の人事に感謝した。

　三年ぶりで与一郎は、足軽身分から歴とした士分へと返り咲いた。これで堂々と雪風を厩に繋げるし、弁造や左門とも正規の主従関係を結ぶことができる。

　与一郎は嬉しかった。旧主浅井長政と父遠藤喜右衛門の御霊《みたま》に、心の中で報告し、両手を合わせて深く感謝した。ただ、その御霊たちが、今回の出世を喜んでくれているのか否かは、分からない。

第三章　設楽原の野戦陣地

一

信長にとって最悪の結末は、徳川が武田方に転ぶことである。決して杞憂ではない。家康自身は兎も角、信康を支える岡崎衆の中に、武田に親和性を感じる勢力が一定数いることを信長は摑んでいた。今回の大賀弥四郎などは、その中のほんの一端に過ぎないだろう。

「もし信康が武田を選んだとして」

岐阜城の天守から、眼下を流れる長良川を愛《め》でつつ、信長が秀吉に告げた。

「家康がどう動くか。嫡男を切り捨ててでも、徳川家を分裂させてでも、ワシとの紐帯に賭けてくれるのか……どうにも確信が持てんかったのよ」

「上様らしくもない。迷っておいでだったのですね」

秀吉が、目を瞬《まばた》かせた。

「人は押さねば動かぬが、押しすぎると反発しよる。その力加減が難しい。特に家康のような腹の知れん男だと、その加減がよう分からん」

迷った挙句に信長は、家康と信康に対し、自分の断固とした姿勢を示すと同時に、父子を追い詰め過ぎないことを念頭に行動を起こした。

信長は、大賀弥四郎の裏切りを察知したこと、岡崎城下で大賀を射殺《いころ》したのは自分の配下であること、そしてこれ以降の裁きはすべてを家康に委ね、自分は一切口出しをしないことの三点を浜松に伝えた。

この時信長は、戦々恐々としながら事態の推移を見守っていたのだ。

信長は、家康の見識を信じたいと思っていた。よもや勝頼の如《ごと》き猪武者を選ぶはずはない。しかし一方で、人には肉親の情という、自分には今一つ理解できない心の機制が強く働いているらしい。もし家康が、嫡男信康やその背後にいるであろう妻築山への情に流されたとしたら――

「結論から言えば、すべてが杞憂であったがな」

「ハハハ、祝着にございまする。家康殿は、ここが、なかなか、へへへ」

と、秀吉は己が蟀谷《こめかみ》を指先で二度叩いた。無論「なかなか賢い」との意だ。

家康が情に流されることはなかった。己が率いる家を、滅亡の淵《ふち》へと誘う愚は犯さなかったのだ。家康は迅速に動いた。大賀弥四郎を謀反の罪で「自らの手で成敗処刑した」と内外に告げ、同時に、嫡男信康と正妻築山殿が「謀反とは無関係であった」旨を信長に弁明した。家康は今後、第二の大賀弥四郎を出さぬためにも、岡崎城に対する目付を一層厳しくする旨を信長に誓った。

これにて一件落着。

大賀に連なる「武田派」の粛清は、家康自らの手で行われるだろう。家康のことだから短兵急に大鉈を振るうことなく、徐々に武田派の力を削《そ》いでいくはずだ。信長は、賢い同盟者の裁定を全面的に支持する旨を返信した。


だが、収まりがつかないのは武田勝頼だ。

振り上げた拳のおろし所がなくなり、さぞや激高していることだろう。本日は四月の十五日だ。四月一日に甲府を発った武田勢は、もう半月も行軍している。現在は、伊那谷辺りを行軍中と織田方の隠密たちは報せていた。

二万人を超す武田武士が、様々な用事を見合わせ、身銭を切り、軍役を果たすために参陣しているのだ。今さら「内応者が殺されたから、今回の遠征は中止である。各自家に帰れ」なぞと言えるものではない。今の勝頼は、前に進み、戦をし、勝って領地を守る、乃至は領地を拡《ひろ》げねばならないのだ。

まさに、どうする勝頼——である。

困った彼は、奇手に出た。岡崎城奪取のために動員した二万の軍勢の行く先を、急遽《きゅうきょ》奥三河に変更したのである。

奥三河の有力な国衆、奥平貞昌《おくだいらさだまさ》は元々武田についていたのだが、信玄《しんげん》の死を知ると風を読み、徳川に寝返った。「裏切者を成敗するため」との名目で、勝頼は奥平側の長篠城《ながしのじょう》を二万人で囲むべく兵を南下させ始めた。

それを聞いた信長は、小躍りした。

「武田を潰す好機である」

と、織田の総力を挙げて奥三河へと向かい、勝頼と雌雄を決する覚悟を固めたのであった。

与一郎は馬乗りの身分となり、俸禄も百貫と決まったが、当座の銭が要る。戦となれば足軽の畳具足で出陣するわけには行かない。自前の弓も欲しいし、雪風の代金も——ま、これは不要だろう。どうせ支払うべき越前一向一揆は近い内に消滅するのだ。

さらに与一郎には、どうしてもやりたいこと、やらねばならぬことがあった。

(あの有能だが、糞生意気な家来二人に、小遣いをくれてやるのよ、俺が主だとゆうことを分からせてくれるわ、へへへ。痛快、痛快)

今まで弁造と左門に俸給を支払っていたのは、与一郎に非《あら》ず、秀吉だった。主人としての体面がようやく回復しようとしていた。

秀吉は、与一郎に支度金として銀三枚を下賜《かし》してくれた。

銀一枚は、丁銀《ちょうぎん》四十三匁《もんめ》(約百六十一グラム)に相当したから、百二十九匁(約四百八十四グラム)の銀地金を賜《たまわ》ったことになる。丁銀とは、銀地金を粗く海鼠型《なまこがた》に叩き伸ばしただけの貨幣である。重さはまちまちで秤量《ひょうりょう》貨幣として重量を量って交換流通した。さらに、銀一匁(約三・七五グラム)は、永楽銭二百文(約二万円)に相当するから、以上計算すると銀三枚には、ざっくり永楽銭二十六貫文(約二百六十万円)の価値があった。

現代からすると異様に銀の価値が高いようだが、それだけ鉱石からの精錬に手間と費用がかかったということだ。

「秀吉様は、気前がよいお方でござるなァ」

左門が、囲炉裏の炎を照り返す銀塊を眺めつつ、うっとりと呟いた。

足軽小屋の板敷に三枚の丁銀をドンと置き、主従三人で「このお宝の使い道」を相談している。

「越前から岡崎まで随分と走り回ったから、その御褒美も兼ねてるんやろ」

弁造が分析した。

「でも、岐阜城下に屋敷を借りて、三人分の甲冑と刀、槍と弓、米と味噌を買えば、もうあまり残らんな」

与一郎が、嘆息混じりに呟いた。

「殿、身共と左門は、お貸し具足で十分ですわ」

「屋敷など岐阜には不要にござる。この足軽小屋で十分でござる」

元々足軽小屋には不満タラタラの左門だったが、考えを改めたようだ。

「左門には持槍があるし、身共には六角棒があるから、新調する必要はございません」

「その通りでござる。その分、殿にええ甲冑を着て貰《もろ》うて、大いに目立って貰うて、もっともっと出世して欲しいでござるよ。ウラたちが潤うのは、後回しでええでござるよ」

「……うッ」

思わず涙が溢れ、与一郎は俯いた。こんなに主人思いの家来たちを「糞生意気」なぞと心中で罵り、わずかな小遣いを与えることで、主人面をしようとしていた自分を大いに恥じた。

「兎に角、おまいらには、それぞれ銭三貫文（約三十万円）ずつ渡す。不足ではあろうが、それで各々戦支度《いくさじたく》を整えてくれ」

「過分に有難うございまする」

「大感謝でござるよ」

御恩と奉公――この日から、三人の新しい主従関係が始まろうとしていた。石田佐吉の言う社会規範としての忠義とは違う。与一郎好みの情緒的、友愛的な忠義とも異なる。敢えて言えば、功利的な関係性としての忠義だ。

（お、これぞまさに秀吉様が言われる忠義なんやろなァ）

忠義も色々である。自分の忠義はどうであろうか考えてみた。

まず、故浅井公に対するのは、情緒的、友愛的忠義で間違いない。秀吉への忠義は功利的なそれだろう。そして、弁造や左門が与一郎に捧《ささ》げてくれているのは、今まではは情緒的な忠義で、今後はそこに秀吉流の忠義が加味されると――

（ああ……難しい）

あまり頭脳で勝負する性質《たち》ではない与一郎、内心で苦笑した。

織田勢が、勝頼との決戦に向けて領地の東側に兵力を集中させれば、その隙を狙って越前一向一揆が南下する懸念は確かにある。信長の尻尾に嚙みつこうというのだ。秀吉は、信頼する弟長秀《ながひで》に兵千人を付けて留守番とし、北近江防衛に当たらせることにした。

「わ、わずか千名にござるか？」

岐阜城下、秀吉邸の書院――小谷城から駆け付けた羽柴長秀が目を剝いた。

「兄さ、越前門徒は三万ともゆいますで？　三万を千人では、なんぼなんでも防ぎきれん」

「たァけ小一郎《こいちろう》、辛気臭ェ面するな！　ちゃんと考えとるわいな」

坊官たちが腐敗し、暴政を敷き、越前の人心が一向宗から離れていることは、与一郎や藤堂からの報告で聞いている。三万人はおろか、忠誠心のある者を五千人も北近江に派兵したら、確実に越前本国で謀反や反一揆の動きが起こる。さりとて、やる気のない者を五千人、一万人送っても、長秀率いる千人が籠る小谷城を落とすことは到底できまい。さらには、織田方の孤塁を守る武藤舜秀が敦賀花城山城で頑張っている。一揆勢が南下すれば、その尻に武藤勢が嚙みつくだろう。諸々総じて、勝頼に呼応して越前一揆が南下することは「まずない」と秀吉は見切っていた。

かくて秀吉は、己が兵動員力三千人の内の二千を率いて、奥三河へと出陣する腹を決めたのである。

今回の信長の陣触れには、二つの指令が認《したた》めてあった。

一つは、出来る限りの鉄砲を持ってくること。これは解り易い。

今一つは、径五尺（約十五センチ）、長さ一間半（約二百七十センチ）の丸太棒を「可能な限り持ってこい」と命じていたのだ。

ただ、岐阜から丸太を担いで奥三河まで行くのは無茶だ。兵が疲弊しきって、戦ができなくなる。奥三河の山中で調達するとして、とりあえず秀吉は配下に「斧と鋸を忘れるな」と命じて出陣準備にかかった。

陣触れから、出陣まで二十二日間ほどを要した。陣触れが出た四月二十日は新暦に直すと五月二十九日に当たる。まさに農繁期で、田植えの季節だ。あまり急かすと、将兵の反感を買いかねない。信長なりに配慮したものと思われた。

ところが、四月二十一日には武田勢は長篠城を包囲してしまう。わざと農繁期に兵を動かすのは信長の常套《じょうとう》手段だが、今回はそれを逆手に取られた形だ。五月六日には徳川方の二連木《にれんぎ》、牛久保《うしくぼ》を侵し、吉田城《よしだじょう》に鉄砲を撃ち込んだ。明らかな挑発、陽動であろう。切歯扼腕《せっしやくわん》する信長の顔が目に浮かぶようだ。

そして本日、五月十三日、織田勢もいよいよ出陣である。天気は曇天。梅雨空は、いつ雨が降り出してもおかしくない陰鬱な黒雲に覆われていた。

「よお」

岐阜城外で声がかかった。見送りの列で手を振っている騎馬武者は藤堂与吉ではないか。与一郎は行軍の隊列を離れ、藤堂に駆け寄った。

与一郎は雪風に、藤堂も青毛馬《くろうま》に跨っている。互いに騎乗の身分に出世したのだ。どちらからともなく笑みがこぼれた。

「藤堂様、越前からお戻りですか」

「や、藤堂様、藤堂様は止めてくれ。もう同格や。与一郎、与吉と呼び合おうや」

「はい、では……与吉、貴公なかなか馬乗り姿が様になっとるぞ」

思い起こせば二年前、与一郎は落城した小谷城から、浅井家の嫡男、万福丸を奉じて敦賀へと逃亡した。山中で、織田方に追いつかれ、藪の中に身を隠したことがある。探索方の藤堂は、与一郎たちの姿を見咎めたが、同じ近江人の誼《よしみ》で見逃してくれたのだ。あの時が初対面だった。

「へへへ、貴公もなかなかや」

上役下役の関係性が、今後は同じ近江出身の朋輩の関係性に変わっていく。

朋輩から「なかなか」と褒められた与一郎は、黒の板札を紺糸《こんいと》で威《おど》した当世《とうせい》具《ぐ》足《そく》、黒漆をかけた桃形兜《ももなりかぶと》をかぶっていた。黒と紺と雪風の灰色が相俟《あいま》って実に渋い。その中で一ヶ所だけ、兜の前立として金色の三日月が神々しく光っていた。総じて、玄人《くろうと》好みの戦装束《いくさしょうぞく》といえた。

頭形《ずなり》兜の藤堂は羽柴長秀の配下となり、今回は小谷城に居残りだそうな。

「奥三河までは三十里（約百二十キロ）はあろう。十日以上かかりそうやな」

藤堂が目算を弾《はじ》いた。

季節は梅雨、濃尾平野の河川は木曽川《きそがわ》を初めとして増水中である。軍隊が日に五里（約二十キロ）進む常識は当てにならない。

「武運を」
「貴公もな」
と、互いに手を振って別れた。

二

岐阜を発った翌日には、織田軍は岡崎城に入った。岐阜と岡崎の距離は十八里（約七十二キロ）ほどもある。しかも、梅雨時の濃尾平野である。木曽川などの河川が増水し、渡河は大変だったはずだ。この異様な強行軍が、信長の怒りとやる気を表していた。

岡崎城で家康、信康父子と合流した信長は、長篠城方面への物見を活発化させた。評定の席で柴田勝家などは、岡崎滞在中に「陣触れにある丸太を切り出してはどうか」と言い出したが、秀吉は大反対した。

「岡崎から長篠までは、十二里（約四十八キロ）もございまする」

五寸（約十五センチ）径で、長さ一間半（約二百七十センチ）の丸太——杉や松、檜《ひのき》など比較的に軽量な針葉樹でも、丸太一本の重さは、ざっくり八貫（約三十キロ）はある。荷車などない時代だ。駄馬も数が知れている。丸太は人が担いで運ぶしかないのだ。通常の装備の上に八貫の丸太を担いで、梅雨時の泥道を十二里歩かせる――

「戦どころではなくなりますがね」

秀吉が、柴田に向かって目を剝いた。

「丸太を放り出して逐電《ちくでん》する足軽が続出しますがね。ワシでも逃げますわ」

「にゃにを～」

顔を歪めて床几《しょうぎ》から腰を浮かせた柴田を信長が制した。

「権六《ごんろく》……冷静に。徳川殿もおられるのだ」

日頃より一旦火が点くと、人にも物にも当たり散らかす信長の口から「冷静に」との言葉が出たことで、とりあえず一座は静まった。家康は信康と並んで床几に座り、まるで何事もなかったかのように瞑目《めいもく》、大人しくしている。

「ふん、猿めは女子《おなご》をしゃぶるのに忙しく、日頃の鍛錬が足りんのだわ」

柴田の下卑た捨て台詞に、苦笑があちこちから漏れた。

翌五月十五日。与一郎は左門と二人、岡崎城大手門の周囲をぶらぶら歩いていた。二ヶ月《ふたつき》前に来たときは岡崎城を外から眺めるしかなかったのだ。この七間(約十二・六メートル)以上もある櫓に、一度上ってみたいものだ。

「ね、殿……」

「あ?」

「弁造の兄貴、あの娘に会いに行ったようでござるよ」

「あの娘って……八丁村の百姓娘か? 別に構わんやろ?」

「戦が近いとゆうのに、ふ、不謹慎でござるよ」

そういって肩に担いだ頭陀袋を背負い直した。

「気になるのか?」

「別に」

「左門、おまい、あの娘に惚れとるな?」

「まさか」

と、否定した顔が赤くなった。

「止めとけ。あれは性悪《しようわる》や。男なら誰でもええんや。夜な夜な弁造と乳繰り合いながら、昼間は俺に色目を使いおる。そんな女や。止めとけ」

「や、だから……殿のお見立てとしては『男なら誰でもいい女』なのでござろう？」

「そうや」

「そんな女にさえ、色目を使われないウラは……もう、駄目でござるよ」

と、袖で涙を拭った。

「え？　あの……」

慰める言葉を、与一郎は知らなかった。

城外から蹄の音が聞こえてきた。柵の隙間から窺えば、大手門に向かい、二騎の騎馬武者が駆けてくる。

「ありゃ、なんや？」

与一郎が見る分には、二人とも呆れるほどに下手な乗り手だ。特に後方から来る小柄な武士は、まるで鞍にしがみついている印象である。

「まったく……奴は『馬に乗っている』のではない。ああゆうのを『馬に運ばれてる』というんや。荷物同然や」

と、独言している間に、前を行く大柄な武士が手綱を引いて止まった。

「先手弓組植田茂兵衛《うえだもへえ》、長篠城主奥平貞昌《さだまさ》様の使いを引き連れてござる。殿様にお取次ぎをお頼みしたい」

大手門前で馬を輪乗りし、大音声を張り上げると、矢倉内からひょいと別の大男が顔を出した。黒い甲冑に金色の大数珠を肩からかけている。

「こら、茂兵衛！　おまん、ワシに隠れて、なにをチョロチョロしとるんら」

と、おどけて笑った。

「ほ、本多《ほんだ》様！」

騎馬武者二騎は大手門から城内へと入り、本多と呼ばれた大男に先導されて、城の奥へと入って行った。小柄な武士は、怪我でもしているのかフラフラであり、茂兵衛と呼ばれた大男に担がれて去った。

「金色の大数珠は『ほんだざま』と呼ばれておったでござるな」

涙を拭いた左門が横から口を挟んできた。

「あの方、有名な本多平八郎《へいはちろう》殿ではござらぬか？」

「本多平八郎忠勝《ただかつ》か……名は聞いた覚えがある」

元亀三年（一五七二）、三方ヶ原の前哨戦である一言坂《ひとことざか》の戦いで、徳川と激戦を演じた武田家の小杉左近《こすぎさこん》が残した落首がある――

「家康に過ぎたるものが二つあり、唐の頭《からのかしら》と本多平八」

唐の頭とは、珍しいヤクの毛をあしらった家康の兜を指す。

「へえ、よほどの豪傑なのであろうな」

後から知ることだが、与一郎が「荷物同然」と呆れた武士こそ、鳥居強右衛門《とりいすねえもん》という奥平家の足軽であった。足軽だから乗馬の訓練は受けておらず、下手糞も道理だ。後日、彼の英雄的な活躍で、長篠城は持ちこたえることになる。

織田勢三万人に徳川勢が八千人、都合三万八千人の将兵が、岡崎城の内外にひしめいていた。数万人分の笑い声や怒声、馬の嘶きが混然一体となり、辺りに満ち満ちている。湯を沸かし、米を煮る焚火の煙が無数に立ち上り、重たく雲が垂れ込めた梅雨空へと消えていった。

(一乗谷《いちじょうだに》を襲う直前の、府中龍門寺城の光景を思い出すわ)

昨年（天正二年）の一月、信長が越前守護代に任じた桂田長俊を討たんと、越前の国衆や地侍、農民は富田長繁の居城、龍門寺城に参集した。その数ざっと三万人。当時、その情景を眺めた与一郎は「人の海や」と感じ入ったものだ。今回の岡崎城も、それとよく似ている。

五月十六日早朝、織田徳川連合軍が動いた。南東に七里（約二十八キロ）歩いて今夜は牛久保城（現在の豊川市《とよかわ》）に一泊。翌十七日には、近郊の山々で丸太を切り出し、その日は野田城《のだじょう》に一泊。十八日までには、長篠に布陣する予定であると告げられた。

十七日の午後遅く、織田徳川連合軍三万八千は、しょぼ降る雨の中、徳川方の野田城に到着した。足軽たちは誰も、長大な丸太を担いでいる。荒縄の束を背負っている者もいる。牛久保城から野田城への道すがら、山から切り出したらしい。まるで「橋でも架けるのか」と勘ぐってしまいそうな佇まいである。水気を吸った丸太や荒縄はとても重たそうで、誰もが疲労困憊しきっていた。

「おまい、物凄いな。大したもんや」

与一郎が、一本八貫（約三十キロ）の丸太を二本担いできた弁造を称賛した。さすがに憔悴《しょうすい》しきっていたが、それでも弁造は微かに笑顔を返してくれた。有難い。その分、左門が頭陀袋の他に、弁造の六角棒やその他の荷物を運んできた。家来二人、上手い具合に分担し合っているのが微笑ましく、頼もしかった。

岐阜を発ってからの五日間、馬廻衆である与一郎は秀吉の傍から離れるわけにはいかず、弁造と左門とは別行動となっていたのだ。

「殿、一つ伺ってもよろしいか？」

青息吐息の弁造が訊いた。

「この丸太……一体全体、なんに使うのですか？」

「秀吉様の話では、武田の騎馬隊を止める柵を作るそうや」

「馬を止める柵？　下側、三尺（約九十センチ）は土に埋めんと、馬にぶつけられたらグラつきまっせ」

「それを三段、三重に作るそうな」

「な……」

弁造が、この先の労働の苦労に思いを馳せて天を仰いだ。

「ま、今夜のところはゆっくり骨休めしてくれ」

と、弁造の肩を優しく叩いて立ち上がった。


翌十八日も太陽は姿を見せなかった。雨こそ落ちてこないが、雲が低く垂れこめた陰鬱な天気だ。足軽たちの振る舞いは誰も同じで、「ああ、雨が降らんでよかったがね」と呟き、「よっこらしょ」と丸太を背負い、フラフラと歩き出した。

「な、与一郎」

朝、馬に乗ろうとした秀吉が動きを止め、振り向いた。

「はッ」

「おまん、弓は持ってきとろうの？」

「はい。持ってきておりまする」

「毒矢か？」

「まさか、戦場で毒矢は用いません」

「なぜよ？　必殺の毒矢、色々と便利ではねェか？」

「それは……」

要は、危険なのだ。乱戦の中での同士討ちが恐い。転んだり、格闘になったりした場合、箙《えびら》の中の毒鏃《どくやじり》で自らを傷つけることも考えられる。そもそも、戦場で毒矢を使うのは、武人としての矜持が許さない。

「たァけ」

珍しく秀吉の雷が落ちた。

「第一に、得物の取り扱いもようできんのなら、武人などやめてまえ。第二に、そんな鐚銭《びたせん》一文にもならん矜持など捨ててまえ」

「も、申しわけございません」

「ええか与一郎、おまんは毒矢があってこその百貫取りだとゆうことを、ゆめ忘れるなよ」

「はッ」

「トリカブトは、佐吉に都合させる。もっと手柄を立てろ。敵を殺せ。なんぼでも加増してやるがね、ガハハハハ」

と、高笑いしながら、馬に跨り、駆け去った。

三

信長は、野田城を発って一里（約四キロ）と少し東へ進み、極楽寺址《あと》に本陣を敷いた。丸太を担いだ足軽たちと各隊はさらに東進し、極楽寺址の東方半里（約二キロ）にある高松山（現在の弾正山《だんじようやま》）にまで至った。秀吉隊も連吾川《れんごがわ》の西岸に布陣した。左手に丹羽《にわ》長秀隊、右に滝川一益《たきがわかずます》隊に挟まれた位置関係である。高松山の北端だ。一方家康は、高松山山腹の八剱《やつるぎ》神社に本陣を置いた。こちらは高松山の南端である。

この高松山こそが、今後は戦の枢要《すうよう》な舞台となる。

竹広《たけひろ》から大宮《おおみや》にかけて南北に連なる比高七丈（約二十一メートル）ほどの小高

い山――と、いうより丘だ。足軽たちが苦労して抱えてきた膨大な資材は、すべてこの高松山に集積された。

高松山の東の麓には北から南に連吾川が、西の麓には大宮川が流れている。二つの川の両岸は、湿地となっていた。

古来この一帯を設楽原《したらがはら》と呼んだ。羊歯《しだ》が繁茂する湿った土地が想起される。緩い起伏――丘陵と湿地がうねうねと交互に連なっており、見通しが悪い。

「ほれ、かかれや！」

物頭たちの号令で始まったのは――まさに、築城であった。

連吾川の西岸に沿って、高松山の東斜面を削り切岸となし、掘削した土を掻き上げ、その上に丸太を立てた。同時に高松山の裏、西斜面にも切岸と丸太が設えられていった。

「こりゃ……上様（信長）は、この高松山全体を付城《つけじろ》になさる気らしい」

秀吉の背後で片桐助佐が呆れた様子で呟いた。

「随分と大きな付城やなァ」

となりで与一郎が首を捻《ひね》った。

付城――城攻めなどの拠点とするため、臨時に築かれる簡易な城塞を指す。ただ、高松山の近傍に織田が攻めるべき敵城などなかったし、そもそも付城にしては大規模過ぎた。

高松山を囲むように、延々と半里（約二キロ）に亘《わた》って大普請がおこなわれている。三万以上の将兵が、丘に取りつき、木を伐《き》り、土を穿《うが》って働く様は、まるで横たわる獣の死骸に群がる小蟻の大群を彷彿《ほうふつ》とさせた。

高松山の北部を秀吉たち織田の諸将が、南部を徳川が受け持ち、十八日、十九日と昼夜兼行で大普請は進められた。

一方勝頼は、五月十九日の夜、長篠城北方の医王寺《いおうじ》に置く本陣を引き払い、豊川を密かに渡り、南西に移動して、清井田《きよいだ》の丘に布陣した。

そして二十日早朝、朝靄《あさもや》の中から忽然《こつぜん》と姿を現したのは、差し渡し半里（約二キロ）にも及ぶ、万里の長城の如き馬防柵であった。

湿地の中を流れる連吾川を水堀とし、その西岸に三尺（約九十センチ）毎に丸太を立て、横木を渡し、荒縄で固く縛ってある。その柵が三重に並んでいるのだからもの凄い。武田の騎馬武者が突っ込んできても、馬はまず湿地と連吾川に足を取られ、次には丸太の壁に進撃を阻まれよう。

その間、柵の内側からは鉄砲隊や弓隊の斉射を浴びることになる。さしもの武田騎馬隊も大苦戦するはずだ。第一の柵を突破しても、その後方には、第二第三の柵が待ち構えている。急峻な切岸も設えてあり、二重三重の堅い守りに隙は見いだせなかった。

二十日の午後には、勝頼は連吾川を挟んだ対岸、天王山《てんのうざん》のやや後方に布陣した。才ノ神《さいのかみ》と呼ばれる高台である。

才ノ神の勝頼本陣は、家康の八劔神社本陣とは九町（約九百八十一メートル）、秀吉本陣に至っては、ほぼ正面で距離は五町（約五百四十五メートル）しか離れていない。勝頼、やる気満々のようだ。

「これだけの備えを実見すれば、果たして勝頼は山から下りて参りましょうか？」

石田佐吉が馬上の秀吉に質した。

「そりゃ、おみゃあ、勝頼の尻を蹴り飛ばしてでも、天王山から設楽原に引き摺り下ろすのさ」

「できましょうか？」

「上様がすでに手を打たれた」

「どのような？」

「これ佐吉……」

秀吉は鞍上で振り返り、お気に入りの小姓を睨みつけた。

「詮索好きもええ加減にせえ。おみゃあの悪いとこだがや」

「ははッ」

石田が無表情に頭《こうべ》を垂れた。秀吉としては「軍機であり、訊いてくれるな」ということだろう。ただ、与一郎が横から窺う分には、石田に悪びれる様子は見えない。秀吉の叱責を恐れても、反省してもいないようだ。

（頭が切れて、ものに動じない。情に流されることもなさそうや。戦場ではどうやろ。形《なり》は小さいが、向こう気は強そうやな）

と、与一郎は石田を観察していた。


五月二十一日未明、秀吉は随分と早く天幕から出てきた。主人が目覚めると馬廻衆や小姓衆も天幕を出ねばならない。欠伸《あくび》を嚙み殺しながら配置についた。

「よう寝たか？」

「お蔭《かげ》をもちまして」

なぞと朝の挨拶を交わすうち——卯《う》の下刻（午前六時台）、早朝の静寂を破って、東の方角から微かな銃声が聞こえてきた。かなり遠いが、ハッキリと聞こえる。五挺《ちょう》や十挺の音ではない。これは百挺、二百挺の銃声だ。

「遠いな」

「長篠城やろ。戦場の音や」

「鳶ヶ巣山《とびがすやま》や。長篠城の南側にある裏山や」

と、馬上の秀吉が大きな声を出したので、一同は一斉に主人を見た。

「徳川の酒井《さかい》殿と我が方の金森《かなもり》殿が、鳶ヶ巣砦に奇襲をかけたんだわ」

長篠城の裏山なら、設楽原からは一里（約四キロ）近くも離れている。幾ら早朝で辺りが静かだとはいえ、銃声がここまで聞こえるとは考え難い。よほど大量の鉄砲が盛大に使われている証だ。

「佐吉よ。上様の策とは、つまりこのことだがや」

鞍上の秀吉が、石田に振り向いて東の空を指さした。

「畏れ入りましてございまする」

石田が無表情に頭を垂れた。

長篠城を囲んだ武田側の砦に、織田徳川方が奇襲をかけた。しかも大量の鉄砲が投入されているようだ。一里離れても聴こえるほどの鉄砲隊を使ったからには、信長としても単なる砦の破壊では済ますまい。奇襲隊はそのまま長篠城を解放して城兵と合流、勝頼の背後を突くべく西へ西へと突っ込んでくるはずだ。退路を断たれた勝頼は、北へ逃げるか、西へ下って馬防柵に挑むか、東に下って奇襲隊を迎撃するかのいずれかを選択せざるをえなくなった。いずれにせよ勝頼は、天王山から下りてくる。下りてこざるを得なくなる。

「本来ならば、ここは北へ逃げるべきところだがや」

秀吉が唸るように言った。北へ逃げるのが、勝頼が大敗せんですむ唯一の策、と秀吉は断言した。与一郎たちは、主人の言葉に耳を欹《そばだ》てている。羽柴家本陣には、咳《しわぶき》一つ聞こえない。

「だが、勝頼は逃げねェ。逃げられねェわなァ」

元々、今回の遠征の目標は岡崎城であったはずだ。それが内応者を失ったことで頓挫した。止むを得ず目標を変えて長篠城を囲んだが、これも不首尾に終わりそうだ。失態続きの勝頼は昨日、才ノ神に本陣を置き、さらに最前線の天王山へと陣を進めた。名誉挽回とばかりに、味方にも織田方にも、決戦を宣言したかたちである。ここで「敵に背後を突かれたから」と旗を巻けば、面目は丸潰れだ。

求心力が低下し、織田徳川への内応者が続出するだろう。武田家は内部崩壊へと向かうことになる。だから「逃げられない」と秀吉は言うのだ。

「考えてもみィ。勝頼のテテ親は誰や？」

「武田信玄ッ！」

馬廻の数名が声を合わせて叫んだ。

「うん。田舎のガキでも知っとる甲斐の虎だがや。神の如き父を持った倅は、どえりゃ苦労するものよ」

なにをやっても、偉大な父親と比較されるのだから堪らない。「信玄公なら、こうはされなんだ」「鷹《たか》が鳶を産んだとゆうことか」などの陰口が、勝頼の自意識を責め苛《さいな》んできたに相違ない。もしここで勝頼が、戦わずに北へと逃げたりしたら――

「それは負けにも等しい。勝頼の人望は地に墜《お》ちるわいな」

秀吉が冷徹に言い放った。

「ならばむしろ東へと駆け下り、如何に鉄砲の数が多いとはいえ、寡兵である奇襲隊に襲いかかるのでは？」

片桐助佐が質した。

「酒井忠次《ただつぐ》殿は古強者《ふるつわもの》よ。決死の武田勢が天王山を駆け下ってくれば、戦わんだろうなァ。引いて長篠城に籠ろうよ」

元々が堅固な長篠城だ。すぐには落とせまい。城を囲んだ勝頼が振り返れば、今下ってきた天王山には、織田徳川の大軍が陣を敷いていることだろう。武田勢は袋の鼠。下手をすると全滅の憂き目に遭う。

「なるほど。つまり……」

「ほうだがや」

秀吉がニヤリと笑った。

「勝頼はこちらへ、西へと下りてくる。必ず馬防柵に突っ込んできよる。万に一つ、桶狭間の再来を願って上様の御本陣に殺到しよるはずだがね。他に道はねェ。おみゃあたち、すぐにもドンパチが始まるぞ」

この時代、鉄砲の保有数は「五百石当たり一挺」と考えれば大きく外れない。禄高十二万石の羽柴家なら二百四十挺である。

今回は、留守番の長秀に四十挺を預け、残り二百挺を持ってきた。さらに、信長から百人の鉄砲隊が寄騎《よりき》されたから、都合三百挺である。

羽柴隊の二千人が受け持つ馬防柵は、一町半（約百六十四メートル）ほどの幅だ。秀吉は三百挺の内の百五十挺を、第一列の柵に配置した。ざっくり一間（約一・八メートル）当たり二挺の配分となる。第二列の柵には百挺を、第三列の柵には五十挺をそれぞれ配置した。鉄砲足軽以外の千八百人には、弓や槍を手に鉄砲と鉄砲の狭間を埋めさせ、発砲後の次弾装塡の隙を狙って押し寄せる敵を排除する役目を担わせた。

「こらァ、与一郎！」

秀吉が怒声を挙げた。

「はッ」

「おまんの毒矢、本陣におっても役に立たんがね」

（人前で毒矢毒矢と……糞ッ、外聞の悪い）

「第一列の柵に出て、思う存分に毒矢の腕をふるってこいや」

「ははッ」

と、一礼し、二列目と三列目の柵の間に置かれた本陣を離れ、弁造と左門が詰める第一列の柵へと土塁を駆け下った。

「殿、ええんですか？　馬廻衆は秀吉様のお側が配置でしょうに」

「その秀吉様から、ゆわれたんや」

そう弁造に言い返しながら、どっかと腰を下ろし、右腰から征矢を引き抜き、石田佐吉から受け取ったトリカブトの練り物を慎重に鏃へと塗り始めた。

四

五月二十一日、辰の下刻（午前八時台）。四町（約四百三十六メートル）彼方で山が動いた。多くの旗指物や幟旗《のぼりばた》が緑の天王山に静まっていたのだが、まるで山津波のように大挙して斜面を下り始めたのだ。

ドーン、ドーン、ドーン。

「えいッ。とうとうとうとう。えいッ。とうとうとうとう」

ゆっくりとした拍子で太鼓が鳴り、重苦しい武者押しの声とともに、一万五千の武田勢が丘を下ってくる。羽柴家の持ち場には、夥しい数の三《み》つ石紋《いしもん》と六文銭《ろくもんせん》の幟旗が押し寄せてきた。

「六文銭は真田《さなだ》か？　三つ石紋は誰や？」

「しばしお待ちをでござる」

左門は、頭陀袋から帳面をとり出し、籠手をはめた指を嘗めて頁《ページ》を繰っていたが、やがて——

「三つ石紋は土屋《つちや》家の家紋にござる。大将は土屋昌続《まさつぐ》殿にござろう」

「あいわかった」

ドーン、ドーン、ドーン。

「えいッ。とうとうとうとう。えいッ。とうとうとう」

なかなかの迫力だ。十五歳の頃から戦場には慣れ親しんでいる与一郎でも、膝がガクガクと震えた。

「まだ撃つなァ。十分に引き付けてから撃て」

背後の本陣から、秀吉の怒声が響いた。秀吉、とにかく声がでかい。

ドーン、ドーン、ドーン。

「えいッ。とうとうとうとう。えいッ。とうとうとうとう」

(さすがは武田信玄仕込みやなァ。武者押しの声がズンと下腹に応えるわ)

百戦錬磨だった亡父遠藤喜右衛門は、鬨《とき》の声と幟旗が、敵の強さを図る二つの物差しだと、日頃から与一郎に語っていた。

重厚で迫力のある武者押しの声は、将兵の士気の高さと団結心の強さを示すし、幟旗が凜と揃っている部隊は統率がとれているものだ。こういう敵は大体が手強い。ここ第一列の馬防柵の中から見る限り、真田隊と土屋隊は士気が高く、よく統率が取れている印象である。

「えいッ。とうとうとう。えいッ。とうとうとう」

ダンダン。ダンダンダン。ダンダンダン。

――この銃声は遠い。

四半里（約一キロ）南で、遂に徳川隊が斉射を開始したようだ。遠目にも分かる揃いの赤い甲冑の軍勢が、騎馬武者を前面に押し立て、徳川の馬防柵に押し寄せている。武田の赤備えといえば、勇猛をもって知られる山縣昌景《やまがたまさかげ》の隊に相違あるまい。

ダンダンダン。ダンダン。ダンダンダン。ダン。

ダン。ダンダン。ダン。ダンダン。ダンダンダン。

ただ明らかに、いつもの戦場とは様子が違っていた。

やはり鉄砲の数が多い。与一郎は、織田勢の敵として戦ったこともあるし、織田勢の一員として戦ったこともあるが、今回は違った。段違いに多い。

ダンダンダン。ダンダンダン。ダン。ダンダンダン。

ダンダンダン。ダンダンダン。ダンダンダン。

硝煙が濛々《もうもう》と立ち込め、視界を完全に遮るほどだ。煙が晴れたと思えば次の斉射がくるから、常に視界が悪い。銃声は耳をつんざき、傍らの弁造との会話もままならない。

（信長の奴、どれだけ鉄砲を持ち込んだんや？）

正面の山腹の森から湿地へと騎馬隊が姿を現した。こちらも数が矢鱈と多い。およそ二百騎——否、三百騎はいる。武田方の策が、多くの騎馬隊を突っ込ませ、馬防柵と鉄砲隊を蹴散らすことにあるのは明白だった。

「土屋家騎馬隊、突っ込めェ！」

「真田家騎馬隊、前えッ！」

各侍大将の声が山間の湿地に轟いた。

ドドドド、ドドドド。ドドドド、ドドドド。

武田騎馬隊の突撃、まるで海嘯《かいしょう》だ。巨大な波頭《はとう》が押し寄せてきた。

「まだやぞ。まだ撃つなァ！」

秀吉が怒鳴った。火縄銃の場合、狙って撃って当てる気なら、半町（約五十五メートル）以内に引きつけてから撃つのが心得だ。老練な鉄砲大将は「敵の白目と黒目を見分けられるまでは撃つな」と指導する。

ドドドドド、ドドドド。

泥をはね上げ、真田土屋両家の騎馬隊は、湿地をものともせずに加速した。早くも連吾川に差しかかっている。三百頭の軍馬の蹄の音が迫った。

「第一列の鉄砲隊、火蓋を切れェ!」

猛烈な銃声と鬨の声が交錯する中でも、秀吉の声だけはハッキリと聞こえる。

カチカチカチ。カチカチカチ。

射手たちが右手の親指で火蓋を前方へ押し出すと、火皿に盛られた口薬《くちぐすり》(点火薬)が露出した。これに火縄を押し付ければ、一拍おいてドンと発射する。

連吾川など本来は取るに足らない小川なのだが、今は梅雨時でそれなりの水量がある。先頭をゆく騎馬隊の足が緩み、後続が追い付くと河畔で渋滞が生じた。

「今じゃ! 放てッ」

機を見るに敏。相も変わらず秀吉の声は大きい。

ダン。ダンダン。ダン。ダンダン。ダンダンダン。

銃声と硝煙が辺りを圧し、百五十挺の斉射が連吾川の東河畔を襲った。人と馬がもつれ合い、団子になって倒れていく。川面は見る間に朱に染まった。

「第二列鉄砲隊、火蓋を切れェ！」

第二列の馬防柵は、切岸の上に立っている。第一列の頭越しに十分狙える。

「放てッ」

ダンダン。ダン。ダンダン。ダン。ダンダンダン。

百挺の斉射が再び連吾川東岸を襲う。川岸は、阿鼻叫喚の巷《ちまた》と化した。

しかし、真田勢を率いる真田信綱《のぶつな》も、土屋勢を率いる土屋昌続も、ともに武田二十四将に数えられる猛将だ。古来「猛将の下に弱兵なし」とも言われる。羽柴隊の斉射を生き延びた二百騎は、遮二無二《しゃにむに》連吾川を押し渡り、第一列の馬防柵へと殺到した。ちなみに、真田信綱は、かの真田昌幸《まさゆき》の兄で、信之《のぶゆき》、信繁《のぶしげ》兄弟の伯父にあたる。

火縄銃の場合、次弾の装塡はたとえ早合《はやごう》を使ったとしても十呼吸（三十秒）近くはゆっくりかかる。第一列の柵の百五十挺が装塡を終える前に、騎馬武者の一団が馬ごと柵に体当たりし、蹄で丸太を蹴り、柵の狭間から槍を突っ込んできた。

「おっと、この野郎ッ」

間一髪、弁造が敵槍の太刀打《たちうち》の辺りを片手でムンズと摑んだ。

柵の内と外で槍を挟んでの引き合いとなった。相手もなかなかの膂力《りょりょく》だ。弁造は六角棒を放り捨て、両手で槍を摑んでグイと引く。五人力と称された弁造である。怪力に圧倒された武田の騎馬武者は、馬防柵の丸太に強《した》か打ち付けられて落馬した。起き上がろうとするところを、左門が下腹部を——草摺《くさずり》をぶら下げた揺《ゆる》ぎ糸の辺りを——柵越しに手槍で刺し貫いた。

「へへへ、兄貴、一丁上がりでござるよ」

左門が血の滴る槍を示して微笑みかけた。

「一応は兜首や。柵の中に引き入れて首級を獲れ」

「心得たでござる」

弁造の言葉に、左門が騎馬武者の遺体の足を摑んで引っ張った。

「ん？　おッ」

与一郎が振り返った。一人の敵騎馬武者が己が馬の鞍に立ち、柵を乗り越えようとしている。

与一郎は、機敏に右腰から征矢を引き抜き、弓に番えた。キリリと引き絞り、ヒョウと放つ。距離は五間（約九メートル）、目を瞑っても当たる。狙い違わず具足の左腋《わき》下にグサリと突き刺さった。無論、鏃にはトリカブトの毒が塗ってある。放っておいても、じきに死ぬ。

「左門、次は殿が射殺した敵の首も獲ってくれ」

「へい、兄貴」

この分だと、左門の腰は血塗れの首が鈴なりとなりそうだ。

「第一列鉄砲隊、放てッ」

馬防柵越しに銃口を押しつけるようにして、ようやく装塡を終えた百五十挺の鉄砲が斉射され、同数の鉛弾が武田武士たちを無慈悲に貫いた。


野戦（平地での遭遇戦）における弓隊と鉄砲隊の弱点は、機動力の無さにある。一般に、野戦の最前線は「退《ひ》いたり攻めたりと、動きが多い」ものだ。その意味では騎馬隊こそ機動力が高く、攻めるにしても逃げるにしても使い易い。つまり、足の遅い鉄砲隊や弓隊が戦場で逃げ遅れ、ウロウロしていると敵の騎馬隊に蹂躙《じゆうりん》されてしまうということだ。

鉄砲は高価な戦略物資であり、弓足軽は養成に時間がかかる替えの利かない専門職である。彼らを護衛するために槍足軽隊が随伴してはいるが、その防御力は高が知れていた。

今回の、高松山をとり囲んだ馬防柵は、決して籠城や長期戦に備える城郭ではない。西洋兵学に言う野戦陣地に近い新機軸である。戦場のど真ん中に簡易な陣地を築くことで、鉄砲隊と弓隊の機動力の無さを補い、強力な破壊力、打撃力を有する彼らを不安なく最前線に投入することを可能にした、謂《い》わば、設楽原高松山の馬防柵とは「飛び道具を最前線で使うための、使い捨ての陣地」と評されるべきものだったのである。


馬防柵を挟んでの血みどろの攻防は、延々と続いていた。

羽柴隊の持ち場に殺到する真田勢と土屋勢は、鉄砲の斉射によりほとんどの騎馬武者を失ったが、それでも徒士や足軽などの雑兵が踏ん張り、馬防柵への攻撃を繰り返していた。

鉄砲隊が斉射する度に、雑兵たちは数を減らしたが、次弾を装塡する間隙を縫って柵に取りついてくる。その間は、与一郎たちが鉄砲隊の前に出て、弓や槍で応戦するのだ。

「どうなってるんや。足軽までが死ぬ気で突っ込んできよる」

二十本目の毒矢を射込み、二十一本目を箙から引き抜きつつ与一郎が吼えた。

もう箙には矢が三本しか残っていない。

「譜代の士分なら武田に御恩もあろうが、雑兵には、ここまでやる義理はなかろうに」

「武田武士の矜持にござろう」

と、左門が叫んで、柵を上ろうとした敵足軽の下腹を槍で突いた。

「うわ――ッ」

地面に落ちた足軽に、柵の内側から左門が槍を突き出し、止めを刺した。

「殿、左や、左です！」

弁造の声に左を見ると、すでに柵を越えた敵の兜武者が、次弾を装塡中の鉄砲足軽に飛びかかり組みついている。両者が絡まっており、幾ら与一郎の腕がよくとも、さすがに毒矢は使えない。同士討ちになったら寝覚めが悪い。弓を置き、駆け出しながら腰の打ち刀を抜いた。

「うぎゃ――」

哀れな鉄砲足軽は組み敷かれ、刀で喉を突かれた。与一郎の救援は間に合わなかったのである。

(済まん。でも仇はとってやる)

今手にしている打ち刀は、先月、岡崎城下で平岩官兵衛とやりあったときの得物だ。曲がりこそなんとか直してもらったが、研ぎ師も匙《さじ》を投げた。刃はボロボロで、まるで鋸である。武器として使うなら、突き刺すか、棍棒《こんぼう》代わりに振り回すしかあるまい。

（とりあえずは、棍棒で……）

と、駆け寄るなり、水平に薙いで兜の錣の辺りを強か殴りつけた。

ガンッ。

殺した足軽に跨ったまま、息を整えていた兜武者は、急に後頭部を強打され、足軽の上から無様に転がり落ちた。すかさずのしかかるが、敵も刀を振り回し、土の上で身をくねらせ、組み敷かれまいと逃げるに逃げる。

（おまいは、蛇か！）

苛ついたが、体捌《さば》きがわずかに勝り、与一郎は足で敵の右手首を踏みつけることに成功した。間髪《かんはつ》を容《い》れずに両肩を押さえ込み、全体重をかけて敵の面頬に、兜の眉庇《まびさし》を叩きつけた。要は、上からの頭突きである。

ゴンッ。

「うが――ッ」

面頬の上からでも頭突きは効く。鉄面の隙間から鮮血が溢れ出した。おそらくは鼻骨が折れ、鼻血が盛大に吹き出したのだ。股の下で相手の力がフッと抜けるのを感じた。諦めたのか、それとも気絶したか。喉垂《のどたれ》をはね上げても敵は動かなかった。覗いた白い首筋に刀の切っ先をグイと突き刺した。

「殿、お見事にござる」

顔を上げれば、弁造と左門が並んで見下ろし、盛んに笑顔で頷いている。

「なんや、おまいら。おったんなら助太刀ぐらいせんかい」

敵の遺体に馬乗りになったまま、家来二人を詰った。

「や、余裕でしょ？　危なくなったら助けましたがな」

「まったく……こら左門！」

八つ当たり気味に、左門を呼んだ。

「おまい、こいつの首級も獲っとけよ。一応は兜首やからなァ」

「へいッ」

現在、左門の腰には三つ、弁造の腰には四つの首級がぶら下げられている。人の首の重さは、大体、体重の一割と思えばいい。十六貫（約六十キロ）の男なら、一・六貫（約六キロ）。それが四つなら六・四貫（約二十四キロ）だ。大分重い。

「どっこらしょ……」

ここでようやく立ち上がった。体が石のように重い。やはり一騎討ちは疲れる。弁造は六角棒を置き、殺された鉄砲足軽が持っていた火縄銃を手に取って調べている。

「どうした？」

「この鉄砲、巣口《すぐち》（銃口）が九分（約二十七ミリ）近くありまっせ」

と、ずんぐりと太いが、長さはやや寸詰まりの鉄砲を示した。

「それ、三十匁筒《さんじゆうもんめづつ》でござるよ」

兜武者の遺体に跨り、首を切り取りながら、左門が言った。

三十匁筒——三十匁（約百十三グラム）の鉛弾を撃ち出す大型火縄銃である。一般に、三十匁筒以上の鉄砲を、大筒《おおづつ》と呼んだ。威力は抜群で、城門や石垣の破壊、海戦においては敵艦船の攻撃に使用された。長島討伐戦でもちょくちょく見かけた。事実上の大砲であるが、本邦では普通に手で抱えて撃った。下手をすると、射撃の反動で後方へとひっくり返る。

「おまい、その三十匁筒を自分の得物にしたらどうや？　形《なり》がでかいのは鉄砲撃ちに向いとるらしいぞ」

体が大きいと、発砲時の衝撃を全体重が分散吸収するから、銃身が暴れなくて具合がいいのだ。当然、命中率も上がる。大柄であることは、大型鉄砲の射手としては適性抜群と言えた。

「身共が？　この大筒をですか？」

弁造、あまり乗り気ではないようだ。

「兄貴、大筒はよいものでござるぞ」

切り取った首級を晒でくるみ、腰に結わえつけながら左門が言った。

「径十三分（約三・九センチ）、重さ百匁（約三百七十五グラム）の鉛弾を、半里（約二キロ）近くも飛ばす強力な大筒もござる」

その百匁筒なら城門の閂《かんぬき》や鎹《かすがい》など、一発で破壊できそうだ。百匁筒を手で抱えて撃つとなれば、自重が七貫（約二十六キロ）あるから、誰でもが扱える代物ではない。百匁筒の射手には希少価値が生まれた。

「逆に、大筒に砂粒のような一匁（約三・七五グラム）の鉛弾を数多詰めて撃てば、弾は広範囲に広がり、あたかも箒《ほうき》で掃くように、群がる敵兵を薙ぎ倒せるのでござる」

現代の散弾銃であろう。往時は施条《ライフル》銃身がなく、すべて滑腔銃身《かっこうじゅうしん》であったから、小粒の弾を多数込めて撃てば、普通に散弾銃となったのだ。

「な、薙ぎ倒すのか……それは凄《すげ》ェな」

「悪いことは申さんでござる。手始めに、その三十匁筒から始めるでござるよ」

「弁造、よかったなァ。お手柄のたて放題やなァ」

と、与一郎がポンと肩を叩いた。すると――

「あッ、この野郎ッ！」

と、目を剝いた。肩を叩かれたのが気に入らなかったのか。

「え……」

ただ、いくらなんでも、主人に対して使う言葉ではなかろう。さすがにムッとして睨んだ与一郎を押し退《の》けるようにして弁造が駆け出した。三十匁筒を放り出し、六角棒を摑んでいる。与一郎の背後で敵足軽数名が馬防柵に寄り、横木を結んだ荒縄を切ろうとしているではないか。

「こらァ！」

ドン！

駆けつけた弁造が、六角棒の先で一人を突き飛ばした。

（ああ、なんだ。奴らに向けて言ったのか）

ホッとしながら左門を促し、弁造の後に続いた。

五

未《ひつじ》の下刻（午後二時台）、ついに勝頼が北へ向けて退却を開始した。

「馬防柵を出て追撃せよ。武田の奴らは一人も逃がすな。勝頼の首をワシの前に持って参れ」

極楽寺址にいたはずの信長が、いつの間にやら、羽柴隊のすぐ後方に本陣を押し出してきている。極楽寺址から茶臼山《ちやうすやま》を経て、高松山まで本陣を徐々に進めてきたそうな。信長、意外に慎重である。

（俺らのすぐ後ろが信長の本陣か……土屋と真田の衆は、目の色を変えて押し寄せようなァ、死を恐れなくなった敵は強いぞォ）

この戦で、武田方に唯一逆転の可能性があるとすれば、秀吉が言うように、桶狭間を再現するしかあるまい。万に一つ、信長の首が獲れれば、永禄三年（一五六〇）がそうだったように、圧倒的優勢を誇る側が総崩れとなる可能性もある。つまり、今宵勝頼が勝利の美酒に酔うことも考えられるのだ。

案の定、羽柴隊正面の敵は見る見るうちに数を増した。与一郎たちが全滅させたはずの騎馬武者もかなりの数がいる。これはもう真田と土屋の手勢だけではあるまい。退却するより、死を賭して一か八《ばち》かの大勝負をしかけようと、各隊から集まって来た武田の猛者たちに相違あるまい。

信長の大馬印《おおうまじるし》である金色唐傘《こんじきからかさ》が本陣正面に立てられたとき、三町（約三百二十七メートル）はなれた敵陣から「ウオーッ」との、野獣の如き雄叫《おたけ》びが、はっきりと聞こえたものだ。

「こらァ、新手が突っ込んでくるぞ！　守りを固めい！」

開戦から四刻（約八時間）近くが経っても、秀吉は元気だ。もうとうに馬からは下り、大声を張り上げながら、自軍が担当する馬防柵の中を徒で駆けまわっている。秀吉の背後を石田佐吉と片桐助佐がついて回っているのだが――明らかに中年男の秀吉より疲弊している。石田など、もうフラフラだ。

（ハハハ、秀吉様は達者やなァ。小者から十二万石の太守に上り詰めただけのことはある。結局、戦は体力勝負やからなァ）

与一郎は、地面に腰を下ろし、補充した二十四本の征矢に、たっぷりとトリカブトを塗りながら、秀吉の怒声を苦笑しながら聞いていた。

その傍らでは弁造が、左門に知恵を借りながら、熱心に三十匁筒の準備をしている。

「おい弁造、おまい、太めの恋女房を捨て、大筒に乗り換えるんか？」

弁造の真剣な顔を見ていたら、ついからかいたくなった。

「太めの恋女房？　ああ、六角棒ね。アレは本妻ですがな。本妻も側室も大事にしますがな」

「ハハハ、それを聞いて安心したよ」

「海戦や城攻めではないのでござるから、ここは塵弾《ちりだま》（散弾）を使うところでござろうよ」

と、左門が弁造に勧めた。

三十匁の一粒弾は威力抜群ではあるが、敵兵一人を倒すのに、なにも腹に大穴を開けたり、頭を吹き飛ばしたりする必要はない。小粒な数多の弾をばらまき、一度に多くの敵兵を死傷させた方が味方は喜ぶだろう。点で制圧するのではなく、面で制圧するということだ。

弁造は、三十匁筒の前の持ち主である足軽の遺体から、火薬や火縄、数種類の鉛弾を持ってきていた。その中で弁造は二匁（約七・五グラム）弾を十発選び、三十匁筒に詰めることにした。理屈上、二匁弾なら十五発は撃ち出せそうだが、左門の助言で十発に抑えたのだ。

「撃ったら、ウラによこすでござる。火薬と弾はウラが詰めるでござるから」

「うん」

鉄砲には不慣れな弁造、素直に弟分の言うことを聞いている。

玉割《たまわり》という言葉がある。鉄砲の口径と弾の大きさが最適の場合に、威力は最大化する。その調整を指す言葉だ。口径より大きめの弾を無理に押し込んで撃つと、銃身が裂けかねない。一方、口径より小さ過ぎる弾を撃ち出すと、火薬の爆発力が抜けて、威力が落ちる。三十匁筒の口径は八・八分（約二十六・四ミリ）もある。十分に塵砲（散弾銃）の役目を果たせるが、三・六分（約十・八ミリ）の二匁弾を何発込めるかは難しい判断となる。左門としては、発砲の状態を見ながら「玉割」するつもりなのだろう。

「試しに、一発撃ってみたらどうや？」

「的がないところへ撃っても、威力はわからんでござろうよ。大体兄貴は……」

弁造の不見識な問いかけに、左門が不機嫌そうに答えた。

左門は、ブツブツと不満を口にしながら、三十匁筒用の太い槊杖《カルカ》で、銃身に注ぎ込んだ火薬を丁寧に突き固めている。黒色火薬は、そのまま着火してもブスブスと燃えるだけだ。強力な爆轟《ばくごう》を起こすためには、よく突き固めることが必要なのである。

「射程はどれほどや？」

「十間（約十八メートル）では自信ござらん。せめて五間（約九メートル）、六間（約十・八メートル）に引きつけてから撃つべしでござるよ」

そう言いながら、弁造に三十匁筒を手渡した。

「五間って、目の前やんか……ず、随分と迫られてから撃つんやなァ」

「そういう得物にござる」

気弱な声を出した弁造を窘めるように、左門は厳しく伝えて二度頷いた。

「ほれ！　武田の騎馬隊がきよるぞ！　たァけ、休むな！　鉄砲隊、とっとと弾込めェ！」

秀吉の怒声が、容赦なく配下を叱りつけた。

そのとき――

「かかれェ！」

天王山の麓に集結した大部隊が、騎馬隊を先頭に、信長本陣を目がけて突撃し始めた。

ドドドドドドド。

二千人はいそうだ。武田菱《びし》、六文銭、三つ石紋に加え、花菱紋（馬場信春《ばばのぶはる》家）や桔梗《ききょう》紋（山縣昌景家）までが交じっている。誰も心は一つだ。戦法も糞もない。この敗色濃厚な戦の大逆転を期し、信長の首級を獲る――それだけを考えて只管《ひたすら》前に出ているのだ。

「撃つなよ！　撃つな！　連吾川で必ず足が緩む。その時まで待て！　先走ってワシの命を待たずに撃った者は、耳を切るぞ！　鼻を削ぐぞ！」

秀吉が、走り回りながら物騒なことを叫んでいる。

「おい、弁造、左門」

「はい」

「へい」

「相手も本気や。命懸けの戦いになるぞ。格闘の邪魔になる。腰の首級は外せ。捨てろ」

二人はそれぞれ四個ずつの首級を腰にぶら下げている。いずれも兜首だ。陣地内で討ち取ったから証人もいる。褒美は確実だろう。与一郎は加増されるかも知れない。ただ、首級四個で六・四貫（約二十四キロ）はあるし、重さ以上にかさばって邪魔になる。もし強い相手と斬り合いになったら、大いに不利だ。褒美より命が大切だから、今のうちに外した方がいい。

「でも、全部で八個ですぜ」

「阿呆。死んだら褒美も受け取れんぞ。首は後から拾えばええ」

ま、現実的には「後からは拾えない」だろう。「貰い首」との言葉もあるぐらいで、戦場に首級が転がっていれば、誰かが拾って己が武功とするはずだ。

二人は渋々、首級を帯から外した。

「第一列鉄砲隊、火蓋を切れェ」

カチカチカチ。カチカチカチ。

地響きが伝わる。鉄砲隊に向かって突っ込む方は怖いだろうが、こうして地鳴りのような馬の足音を聞いている方も、相当に怖い。

連吾川の河岸で馬の速度が落ちた。背後からの馬が追い付き渋滞が起きる。

「今や。第一列鉄砲隊、放てッ」

ダンダンダンダン。ダンダンダン。ダン。ダン。ダンダンダン。

ダンダンダンダン。ダンダンダン。ダンダンダン。

数多の騎馬武者が、川の流れを朱に染めて倒れたが、今回の武田は怯《ひる》むことがなかった。仲間の屍《しかばね》を乗り越えて遮二無二突っ込んでくる。

ダンダンダン。ダンダン。ダン。ダン。ダンダンダンダン。

ダンダン。ダンダンダンダン。ダンダンダンダン。

第二列目の鉄砲隊百挺が斉射したが、武田の前進は止まらない。

(ほらみろ。死ぬ気になった奴らは手強いのよ)

姉川戦で、与一郎たち浅井勢は八千人しかいなかった。しかし、わずか一里半(約六キロ)後方の小谷城には、愛しい女房子供がいる。浅井衆は全員が死ぬ気で突っ込み、三倍の織田勢を圧倒したのだ。あのままやっていれば、確かに浅井が勝った。逆に、一万人の朝倉勢に押された五千人の徳川が必死の反撃を試みて、倍の朝倉勢を撃破。それを見た織田勢が息を吹き返し、形勢はあっさり逆転してしまった。

(ふん。事程然様に……戦とゆうものは)

と、心中で呟きながら毒矢を番え、弓を引き絞った。

迫りくる騎馬武者を射たいところだが、誰もが心得の通り、鞍上で前屈みに伏せ、馬の頭の陰に隠れて突っ込んでくる。これでは狙えない。さりとて馬好きの与一郎は、どうしても無辜《むこ》の馬を射殺す気にはなれなかった。

（毒矢は、どこにでも当たりさえすれば倒せるんやけどなァ）

と、騎馬武者の足に狙いをつけたが、太腿《ふともも》は佩楯《はいだて》に、膝から下は脛当《すねあて》に守られている。隙が無い。

（ま、ええわ。乱戦になってからが俺の戦や）

と、引き絞った弓を元に戻した。

ダンダンダン。ダンダン。ダン。ダンダン。

ダンダン。ダンダン。ダンダンダン。

「ブヒッ。フン」

その点、鉄砲隊は遠慮会釈なく馬を撃ち殺す。斉射の度に、騎馬隊は数を減らした。馬の数が減ると、その後方を走っている徒士武者の姿が見えてきた。妙なものを担いでいる。梯子《はしご》だ。馬防柵を乗り越えるため、即席にこしらえた梯子を担いで駆けてくる。

反射的に弓に矢を番え、引き絞った。竹製の梯子を小脇に抱え、もう一方の手に槍を持った若い徒士武者に狙いを定めた。兜武者だが、面頬も喉垂も着けていない。天正三年五月二十一日は、新暦に直すと六月二十九日だ。梅雨時の蒸し暑さに閉口し、面頬を着けない武者も多い。

（正射必中……南無三）

狙いすましてヒョウと放った。矢は――毒矢は、半町（約五十五メートル）を飛び、狙い違わず徒士武者の喉を射抜いた。徒士武者は梯子と槍を放り出して倒れたが、後方から来た足軽が梯子を拾い、そのまま走ってくる。

（あかんな）

「おい弁造！」

「はい？」

「騎馬武者よりも、梯子を狙え。梯子を架けられると、大挙して一斉に入ってくるぞ」

そう言い残して、背後の第二列目の柵へと走った。

「殿！」

と、秀吉を見つけて声の届く間合いまで駆け寄り、第二列目の柵越しに叫んだ。

秀吉は今も第二列目の柵と第三列目の柵の間に本陣を置き、方々走り回りながら自ら指揮を執っている。

「なんや、与一郎？」

「武田方は、数多の梯子を用意しておりまする。馬防柵に架けて、乗り越えてくる目論見《もくろみ》と思われます。第一列目の鉄砲隊に、騎馬武者よりも梯子を撃つように命じて下され」

「よっしゃ、分かったァ」

ドカン！

「ひゃ――ッ」

大音とほとんど同時に、弁造の悲鳴が上がった。振り向けば、弁造が三十匁筒を抱えたまま仰向けにひっくり返っている。

「べ、弁造ッ！」

心配して駆け寄ったが、弁造は苦痛は感じていない様子だ。ホッとした。

「ど、どうした？」

「ま、見ての通りの尻餅ですわ」

弁造は、三十匁筒に小粒の弾を数多詰め、たった一発で梯子を持った敵を四、五名も倒すつもりだったが――結果的には誰一人倒れず、己ばかりが反動で尻餅をついただけであったようだ。弾が出なかったのか、弾の威力不足だったのか、よく分からない。左門が、弁造が放り出した三十匁筒を拾い調べて、盛んに首を傾げている。

ガコン。

敵の梯子が、馬防柵の横木に次々と架けられた。梯子の先端には、半尺（約十五センチ）ほどの爪が二本突き出しており、それが横木を嚙むから、簡単には外せない。

先頭を切って梯子を上った兜武者が、馬防柵内部に飛び込もうとしている。

（そうはさせん！）

左腰の箙から矢を引き抜き、神速で番えて引き絞り、ヒョウと放つ。矢は兜武者の喉垂の隙間から入り首を貫いた。

「ウゲッ」

武者が梯子からドウと転がり落ちる。

「与一郎、見事！」

背後から秀吉の大音声が褒めてくれた。与一郎の秀吉に対する眼差しは複雑だが、やはり主人から武功を褒められるのは嬉しいものだ。

ただ、一人二人射殺しても、焼石に水の感がある。梯子は幾本も架けられ、多くの武田兵の侵入を許していた。

「弁造、乱戦となるから三十匁筒は止めて六角棒で戦え」

「承知ッ」

「二人とも、ついて来い」

と、駆け出した。

第二列目の柵の際、切岸の下のやや小高い場所に駆け上った。

「二人で俺を守ってくれ。俺は弓で目ぼしい敵を一人ずつ射殺していく」

「承知でござる」

弓兵は乱戦に弱い。槍で突きかかられると、どうしても不利で後手を踏む。そこで、槍兵の接近には家来二人に対処してもらうことにした。これで、まだしばらくは一人ずつ、目ぼしい相手を射殺していけそうだ。

三人の兜武者を射殺した頃、槍を手にした大柄な兜武者が一騎、与一郎たちに近づいてきた。

「拙者、馬場美濃守《みののかみ》家来、大野庄衛門《しようえもん》と申す者。貴公の弓自慢にはもう飽き飽きしたわ。貴公も武士なら、槍でも刀でもとって尋常に勝負されよ」

(阿呆、弓も立派な武士の得物やろ)

癪に障ったので、挑戦をいなしてやることにした。

「弁造、お相手せよ」

「ははッ」

と、与一郎に一礼、六角棒を構えて大野に向き直った。

「身共、羽柴筑前守《ちくぜんのかみ》馬廻衆大石与一郎が家来、武原弁造と申す。主人多忙に付き、身共がお相手致す」

「大石殿とやら、無礼ではないか？　名乗った相手に、家来に相手をさせるとは何事ぞ」

「や、是非お相手したいのだが、なにせ忙しいので、失敬致す」

そう言いながら弓を引き絞り、また別の一人を射殺した。

「貴様、そもそも武士というものが……」

「ごちゃごちゃとやかましいわい！」

と、弁造が癇癪を起こし、六角棒で打ちかかった。大野は機敏に槍の柄で六角棒を受け流したが、その威力に恐れをなしたようで、背中を向けて逃げにかかった。しかし、弁造が踏み込んで、兜の後頭部を強打した。

ガン。

「ギャッ」

おそらくは首の骨が外れたのだろう。そのまま膝から崩れ落ち、前のめりに倒れて、動かなくなった。

「ああ、なんか……敵が気の毒でござるな」

左門が静かに呟いた。

執念で羽柴隊の第一列目の柵を突破した武田勢ではあったが、乱戦の中で、二人の侍大将——土屋昌続と真田信綱が相次いで討ち取られると勢いを失くし、我先にと柵の隙間から逃げ去ろうとした。当然、数百挺の鉄砲が追い打ちをかけ、多くの武田武士が背後から撃たれて絶命した。

六

申の上刻（午後三時台）には、勝負がついていた。

一万五千人のうちの一万近くを失った武田側の大敗北である。人数以上に歴々の重臣を数多失ったのが痛い。勝頼だけは逃がそうと、信玄以来の猛将たちが追撃する織田徳川勢の前に立ちはだかったのだ。

壮絶で悲惨な撤退戦が展開され、武田四天王のうち、内藤昌豊《ないとうまさとよ》、馬場信春、山県昌景が、まるで勝頼の盾となるようにして討死した。

勝頼はなんとか生き延びたが、大きく威信を損ない、滅亡への道を歩み始めたのは間違いなかった。

硝煙と血の香が漂う設楽原は、見渡す限り、武田勢の骸《むくろ》で埋め尽くされていた。織田徳川方の雑兵たちが、甲冑や刀、懐に隠した銭や粒金を狙い、敵の骸に群がっている。武田勢は大概、純度の高い甲州金《こうしゆうきん》を懐に忍ばせていた。兜の鉢の裏、胴や草摺の裏に縫い付けられた小袋などを探れば、よい小遣いになった。

（なんとも浅ましいものよ）

と、与一郎自身は参加しないが、これを厳格に禁じれば、兵たちが命懸けで戦に従事する動機は半減し、士気は大きく下がるだろう。どんなに綺麗ごとを並べても、所詮、戦なんぞというものは、欲得で成り立っているのだ。

「殿、ほら」

と、弁造が漁っていた骸で見つけた甲州金の粒を、与一郎に示して笑った。

与一郎も笑顔で頷いた。これで弁造と左門は、しばらく小遣いには困らないだろう。

（ま、どうせ、あの世に銭や粒金は持っていけんのや。あれで弁造たちが少しでも憂さを晴らせるのなら、それはそれで意義のある……ん？）

硝煙が棚引く馬防柵の根本に座り込み、一人の武者が、紙と筆を手にし、なにやら書き物をしている。甲冑の具合から察するに、それ相応の身分の武士だ。興味を覚えて彼に歩み寄った。

「お手紙でござるか？」

「え？」

顔を上げた中年の武士は、太田又助《おおたまたすけ》と名乗った。寄騎として丹羽長秀の組下にいるらしい。

「貴公、弓がお上手ですな」

丹羽隊の持ち場は、羽柴隊のすぐ北隣だった。与一郎の活躍を見ていたのだろう。太田は元々、尾張の小領主の家の出で、主家斯波《しば》氏没落後は、足軽として信長に仕えていたという。それが弓の腕を買われて、士分へと取り立てられた。

（なんだか、俺と境遇が似ているな）

二人は歳の差を越えて互いに親しみを覚えた。

話は、太田が手にする帳面に移った。いつも戦場には必ず持参するそうな。

「なんでも書き留めておき、屋敷に戻ってから整理するのでござるよ」

「整理する？」

「拙者、幼い頃より大鏡や吾妻鏡《あずまかがみ》が好きでな。自分の手で信長公の事績を、伝記として書き残せればと思うておるのですわ」

「ほう。信長公の事績を……」

(信長は長島で、数万の女子供を生きながらに焼き殺した。太田殿が書かれる信長の伝記では、そのことはどう扱う気なのかな?)

主人の悪行は省く、描かないというのなら、それは歴史書とは言えまい。伝記の名に値しないものだ。訊いてみたい衝動に駆られたが、太田とは初対面であるし、互いに織田家の禄を食んでいることも事実だ。今日のところは、訊かずに別れた。

第四章　越前、鎧袖一触《がいしゅういっしょく》

一

早くもその翌日、羽柴隊は帰途についていた。

設楽原を発ち、吉田から岡崎を経て、岐阜までが二十六里（約百四キロ）。さらに、岐阜から小谷城までが十四里（約五十五キロ）ある。昨日の大戦《おおいくさ》に疲れ果てた与一郎たちにとっては、辛い長旅となりそうだ。

ただ、小谷城の守備兵はわずか千名である。万が一、越前一向一揆勢に南下されると一大事だ。秀吉が信長に「翌朝の撤収」を願い出た所以である。

ただ、疲労困憊はしているものの、圧倒的な勝ち戦でもあった。誰の心も浮き立っている。武功を挙げた者は勿論、そうでない者に対しても、秀吉は祝儀をケチらないことを羽柴家の者は皆知っていたのだ。

誰もが浮かれる中、弁造と左門だけが浮かない顔をして、ブツブツと小声で相談しながら雪風の後ろをついてくる。与一郎は鞍上から振り返り、二人の家来に声をかけた。

「どうした？　なにをコソコソと密談してる」

「密談て、外聞《がいぶん》の悪い……今後のことを相談してたんですわ」

弁造が不満げに答えた。

「なんの話や？　ゆうてみい」

「大筒ですがな」

弁造は、三十匁筒と六角棒を担いでいる。長篠では、左門の玉割が失敗したものか、十分な結果が得られなかった。失敗に関する左門の分析はこうだ。二匁弾は、塵弾に使うには若干大き過ぎたのだ。十発込めた銃身内部には多くの隙間ができ、そこから火薬爆轟の力が「すり抜け」て、弾の威力が半減してしまったらしい。

「で、どうする？」

ここで左門が、弁造と与一郎の話に割って入った。

「勿論、手立てはござるでござる」

(ござるでござる？　落ち着けよ、左門)

左門の瞬きの回数が増えている。玉割を間違えたことに責任を感じ、なんとか挽回しようとしているのだろう。

「火薬の量を増やすか、より小さな一匁弾を多く詰めるか、だと思うのでござる」

爆轟の威力が増せば、多少力がすり抜けても、それなりの殺傷力を得られるだろうし、弾丸の径が小さくなれば、隙間も狭まり、力がすり抜ける度合いも減るだろうと左門は考えたようだ。

「火薬を増やすと、反動はより大きくなるやろ？　銃身が裂けたりせんか？」

弁造が、不安げに質した。

「本邦の大筒は、刀剣や普通の火縄銃同様鍛造法で造られてござる。叩いて造るのでござるよ」

つまり南蛮の鋳造製の大筒より、砲身が裂け難いのが特徴であった。

同じ鉄でも、鋳型《いがた》にはめて造る鋳造鉄には微小な気泡が数多混じり、案外と脆《もろ》い。その点、叩いて鍛えて造る鍛造鉄には気泡が少なく砲身が頑丈なのである。

「それに、火薬を増やすなら、少しずつ増やしていくから心配は御無用にござるよ」

なるほど、その方が安全だろう。

「小谷に戻ったら、納得ゆくまで試してみればええがな」

小谷城周辺は与一郎が育った土地だ。鉄砲を試射できる場所ぐらい幾らでも知っている。

「左門がゆうにはですな……」

と、弁造が話を戻した。

「此度の大勝の結果、織田家はもう周囲に『敵無し』なんやそうですわ」

「敵無し？」

武田は大人しくなろうし、本願寺も、長島は壊滅し、越前では人心が離れている。北条は老大国で覇気がない。関東や近畿の小大名たちは有象無象《うぞうむぞう》だ。確かに、織田徳川連合軍に対抗しうる勢力は、わずかに上杉謙信《うえすぎけんしん》ぐらいであろうか。

「となると、今後、野戦は少なくなるそうです」

野戦——河原や原野など開けた土地を舞台とする大規模な戦闘を指す。多くの場合、雌雄を決する大戦《おおいくさ》となる。

「どうゆうことや？」

つまり今後は、織田徳川連合軍相手に「野戦で五分に渡り合える敵」が少なくなると左門は考えている。野戦は、両者の力が均衡している場合に、正々堂々と雌雄を決する目的で行われる。普通、力の差があると、弱者は強者に野戦を挑むことはしない。大敗の恐れがあるからだ。

弱者は常に、城に籠っての籠城戦、夜討ち朝駆けなどの奇襲戦、はたまた水軍を使った海からの攻撃など、現代で言う非対称戦を挑んでくるだろう。

「となると、最早《もはや》、鉄砲ですら時代遅れの得物になり果てるのでござる」

「左門がゆうには、これからは大筒の時代や、と」

弁造が言った。

大筒は、攻城戦なら城門や石垣の粉砕に使えるし、海戦となれば敵軍船の破壊が可能だ。喫水線の下に撃ち込めれば、撃沈させることすらできる。夜討ち朝駆けなどの奇襲を受けた場合は、霰砲として無数の粒弾をばら撒《ま》けばいい。平野での大規模な野戦より、非対称戦でこそ力を発揮する得物だというのだ。

「ふん、なるほど」

弓と馬が得意の与一郎としては、自分の武技が「時代遅れ」と言われたようで、あまり面白くない。

「ただ、大筒には欠点も幾つかござる」

「ほうほう」

思わず身を乗り出した。

「まず、鉄砲自体が重いのでござる」

三十匁筒でも三貫（約十一キロ）以上ある。百匁筒になると七貫（約二十六キロ）にも達する。野山を越えて運び、戦場を走り回って発砲するには少々重すぎるのだ。さりとて、南蛮のように砲を台車に乗せ、曳《ひ》いて運ぶには、戦国期の日本の道路事情は劣悪に過ぎた。防衛上の必要から、細い泥濘《ぬかるみ》の道が続き、河川に橋は架かっていない。結局は、人力で運ぶしかないのだ。

「次に、反動が物凄く、弾が当たらんのでござるよ」

三十匁筒を初めて撃ったとき、巨漢の弁造でも尻餅をついた。ましてや百匁筒は二十一匁（約七十九グラム）もの火薬を使う。発砲時の衝撃は想像を超えた。そんなもの当たるわけがない。

「しかし、兄貴がほんの少し鍛錬を積めば、ウラは『百匁筒を抱えて撃つ』ことも可能やと思うのでござる」

左門の目が、生き生きと輝いた。

「呼ばれれば、どこにでも百匁筒が駆けつけて、城門でも、石垣でも、関船《せきぶね》でもぶち壊す……これは重宝されるでござるよ。殿の毒矢と、兄貴の百匁筒にウラの頭陀袋が揃えば、三人で百人分の御奉公ができるでござろうよ」

「ハハハ、そら喜ばれるわな」

「拙者は？」

雪風の轡をとっていた新参の義介が不安そうに質した。

「無論、義介の健脚は用兵の要でござるよ」

「さいですか……ああ、よかったァ」

与一郎は気分がよかった。左門が「自分の頭脳」と言わずに「自分の頭陀袋」と表現したところがいい。義介にも配慮した気働きがまたいい。

「で、弁造はどうなんや？　どう思う？」

「どうって……」

黙って歩いていた大男が、馬上の与一郎を見上げた。

「おまい、大筒をやる気あるのか？」

「そら、やる気はありますわ。でも……」

「でも？」

「こいつを、どうしようかと」

と、溜息混じりに、右手に抱えた六角棒を見つめた。ちなみに三十匁筒は、左肩に担いでいる。

「三十匁筒でもこの重さや。いずれ百匁筒を使うとなれば、六角棒と二つを抱えて戦場に出るのは無理ですわ。でも六角棒は、十年来の相棒やし、手放したくはない……悩ましい」

「そんなもの気にせんでええ。おまいが百匁筒を使うようになったら、大筒を運ぶ従者を一人召し抱える。なにも手練れでなくてええ。膂力があって、正直な奴なら誰でもええ。大して銭もかからんやろ」

「ええんですかい？」

「おう、かまわんで。その分手柄を挙げて、俺の加増に協力してくれや」

小一郎が笑顔で頷いた。

秀吉は急ぎに急いだのだが、梅雨による河川の増水の影響もあり、羽柴隊が小谷城に凱旋《がいせん》したのは、六月の二日——設楽原を出てから十一日が経過していた。

秀吉は昨年六月頃から、琵琶湖畔の今浜《いまはま》の地に、新城を造っている。小谷城は堅城だが、山城ゆえの不便さが秀吉の好みに合わなかったようだ。その点、新城は琵琶湖畔にあり、北国街道と琵琶湖水運に両睨みを利かせることができた。

着工から一年が経つが、まだ完成はしていない。ただ、一部積まれた石垣が琵琶湖の水に浸っており、完全な水城であることは明らかだ。城内から直接に船を漕ぎ出すこともできるらしい。

御殿や城門は、小谷城のそれを移築し、城下町も、そのまま移す目論見であるそうな。

凱旋から二日後、与一郎は小谷城内清水谷《きよみずたに》にある秀吉の御殿に呼び出された。

「大石与一郎、参りましてございまする」

騎乗の身分にはなったが、一応、広縁に畏まった。

「うん。設楽原の疲れはとれたか？」

秀吉は、二人の小姓──石田佐吉と阿閉万五郎に手伝わせ、山のような書類を決裁していた。

「はッ」

三十九歳の秀吉自身も「設楽原から凱旋してまだ二日」なのは一緒だ。二十歳の自分が弱音は吐けない。

「それはよかった。ならば、おまん……越前に行けや」

「ははッ」

一応、これは想定内だ。数日休ませてくれるかとも思ったが、ま、仕方ない。

「再《さ》来月、上様は越前に兵を入れられる。先乗りして様子を報せい」

武田という難敵をほぼ無力化した信長、いよいよ越前一向一揆を討伐し、一度は手に入れた越前国を奪還する気になったようだ。

「一点だけ、宜しゅうございまするか?」

与一郎が、質した。秀吉の文机に書類を置きながら、石田佐吉がチラとこちらを窺った。

「うん?」

秀吉が、書類から目を離さずに応じた。

「それがしは、殿の御馬廻衆にございますな?」

「ほうだら」

「馬廻となれば、殿のお側で警護をするお役目かと思うておりました」

「馬廻が不満なら、使番に替えてやってもええど」

「はあ？」

「なんなら小姓でもええ……要は、肩書はなんでもええんだわ」

秀吉が筆を置き、与一郎に向き直った。

「おまんを馬廻に据えたのは、箔付けのためよ。それだけ。本陣でワシを守るのもええが、おまんの度胸と弓矢の腕をもっと使え。広く動いて色々と裏の仕事もやって貰おうと思うとる。それにな……」

秀吉が顔を寄せ、声を潜めた。

「ワシの側近として追い使うには、おまん、ちとここが足りん」

己が蟀谷《こめかみ》を指先で二度叩き、ニヤリと笑った。

「お、おそれ入りましてございます」

思わず広縁に平伏した。侮辱だとは思ったが、正直どこかで「その通りだ」とも思う。知恵や気働きで石田や万五郎に敵《かな》うわけがない。左門にさえ負ける。

「おまんは現場で仕事をこなす人間よ。別段、卑下することはねェぞ。おまんなりの強味を生かして奉公すればええ。ワシが見て、ちゃんと報いてやるがね」

「ははッ」

また平伏した。己が生き方を示されているようで、無闇に感動していた。与一郎、少しずつこの猿顔の小男に魅せられている。

「ええか。長篠の戦は、五月二十一日やった。もう越前に武田壊滅の報せは伝わっておろう。本願寺の坊官どもは兎も角、朝倉の旧臣や国衆たちは、風を読んでこちらに靡き易くなっとるはずや。敦賀の武藤殿からも、調略が進んどると報告が入っとる」

敦賀花城山城の武藤舜秀からは、一揆側の杉津《すいづ》城《じよう》主堀江《ほりえ》景忠《かげただ》の調略に成功した旨の連絡が入っているそうな。城一つ、戦わずして落としたことになる。信長が喜びそうだ。

「それは祝着ッ」

今年の三月の段階で、すでに坊官たちから越前の人心は離れていたのだ。そこに、設楽原での武田軍の壊滅が重なった。現在の越前で、坊官側に立つ者がいるとすれば——狂信的な一向宗門徒だけだろう。

(狂信者は最後まで無茶な抵抗をしよるからのう。長島のときのような「皆殺し」なんぞにならねばええが)

今回は敵側に左門の叔父がいる。そして勿論、於弦もいる。できれば皆殺しは避けたい。

「与一郎、おまん、俸禄は幾らやったかな」

「はッ。百貫（二百石）を戴いておりまする」

「設楽原でよう働いた褒美じゃ、もう百貫加増して、二百貫にしてくれる……今後も気張れや」

「あ、有難き幸せにございまする」

思わず平伏した。俸禄二百貫なら、ざっくり四百石に相当する。そこそこの集落、一村の領主ほどの分限だ。

これで百匁筒も買えるし、新たな家来も召し抱えることができる。そしてなによりも、精一杯に働いて、それを主人が見ていてくれて、たちどころに加増される——羽柴家の持つ、この「分かり易さ」「風通しのよさ」が、若い与一郎には大層心地よく感じられた。与一郎は嬉しさのあまり、浅井万寿丸のことを束の間忘れていた。


秀吉の御殿から帰ると、早速与一郎は家来を一人、新たに召し抱えた。

藤堂与吉の組で同じ釜の飯を食った北近江出身の足軽、森《もり》義介である。今年十七歳の若さと、敦賀と小谷の間を四日で往復しても尚《なお》、涼しい顔をしている健脚に惚れこんだ。古来「兵は拙速《たっとき》を尊ぶ」という。この時代の健脚は、ときに槍足軽十人分の力を発揮した。そこで藤堂に頼み込み、譲り受けた次第だ。

その夜、与一郎は清水谷にある阿閉万五郎の屋敷を訪ねた。彼自身は関与を否定しているが、与一郎からすれば万福丸殺害に加担した疑いがある。そんな男に頼み事をするのは気が引けたが、止むにやまれぬ事情があったのだ。

「万五郎殿、国友《くにとも》村の鉄砲鍛冶に繋ぎをつけてはくれぬか」

「構わんが、どうした？」

書院の床の間、掛け軸に描かれた風景に見覚えがあった。琵琶湖を背景として小ぶりな山城が鎮座している。阿閉家の居城である山本山城だ。今も万五郎の父は、城主としてかの城に住んでいる。一族の居城に対する愛着が見て取れた。

「百匁筒を買いたい。なんなら鉄砲鍛冶に発注し、新たに造って貰いたい」

「百匁か……随分と大きいな」

と、万五郎が目を剝いた。

国友村は鉄砲伝来の翌年、天文《てんぶん》十三年（一五四四）に、将軍足利義晴《あしかがよしはる》の依頼で六匁筒を造ったのを嚆矢《こうし》とする鉄砲鍛冶の集落である。天正元年（一五七三）以降この地を治める秀吉は、鉄砲製造を奨励し、分業化を成し遂げ、まるで村全体が一軒の鉄砲工場のように機能していた。今では堺《さかい》や根来《ねごろ》と並ぶ、鉄砲製造の一大拠点である。国友村は山本山城にも近く、阿閉家との紐帯は深く強い。なかなか入手困難な百匁筒を「なんとか都合して貰おう」と、心情的には下げたくもない頭を下げている次第だ。

「幾らぐらいするものなのか？」

「百匁筒の値段は知らんが、三十匁筒でも金四十両（約四百万円）はするぞ」

「高いな」

「そりゃ、高いさ」

百匁筒だと、ざっくり三倍か——金百二十両（約千二百万円）はしそうである。一般的な鉄砲隊も使う六匁筒なら、一挺が金九両（約九十万円）で買える時代だ。さらに、与一郎の禄高は加増されて四百石だ。領民と四分六《しぶろく》で分けると年収は金百六十両（約千六百万円）ほど。大筒に百二十両を使うのは、なかなか辛い。

「どうだろうか……」

万五郎屋敷から戻り、弁造と左門に相談した。

「今年三十両（約三百万円）積み立てる。来年も三十両や。四年かかって百匁筒を買おうと思うのだが」

「なるほど、堅実な策でござるな」

左門が頷いた。

「委細承知。とりあえずは身共、手許にある三十匁筒で鍛錬に励みまする」

弁造も、すんなり納得してくれた。

二

翌朝早く、与一郎主従四人は、小谷城の東尾根に上った。懐かしい小丸《こまる》で、弁造に三十匁筒の発砲訓練をさせるためだ。

小谷城は、御殿や武家屋敷が立ち並ぶ清水谷を、馬蹄形にとり囲むように、険しい尾根が聳えている。その尾根筋には、幾つもの曲輪《くるわ》が設えてあり、小丸はその内の一つだ。二年前の浅井家滅亡の折には、浅井長政の実父久政《ひさまさ》が籠り、最後は自刃して果てた。与一郎と弁造は、まさにその久政の麾下にあったのだ。

秀吉は、山城を「不便」と嫌い、尾根上の曲輪群をほとんど使わず、放置している。槍足軽の一隊が、盗人や物《もの》の怪《け》が棲《す》みつかぬよう巡回している程度だ。

その小丸なら十分に広いし、人がいないから危険もない。大筒の練習には「丁度いい」と考えた次第だ。

大筒は、決して長距離を狙う得物ではない。空に向かって撃てば四半里（約一キロ）も飛ぶのだろうが、命中精度が劣悪だ。当たらない。さらに、大きな丸弾は、空気抵抗がもの凄く、飛べば飛ぶほど威力はガクンと落ちた。だからむしろ、二十間（約三十六メートル）以内に近づき、その瞬間的な大威力で城門や城壁を撃ち崩すのにこそ真価を発揮した。

「恥ずかしながら……長篠ではドンと撃って、いきなり後方にひっくり返りましたからなァ。や、もの凄い反動でしたわ」

「最初やからなァ。玉割を少し間違えただけや。今度はちゃんとやれる」

長篠で左門は、二匁弾をそのまま十発、火薬を十五匁（約五十六グラム）詰めて弁造に渡した。通常の鉄砲隊では、弾丸とほぼ同重量の火薬を詰めて撃つから、三十匁筒なら三十匁（約百十三グラム）ということになる。しかし、実際に手に取って見ると火薬の量があまりに多く、心配になって半分だけ詰めて渡した次第だ。それでも巨漢の弁造がひっくり返った。

「あれから色々と調べたでござる」

大筒を撃つ場合、黒色火薬は弾の重さのざっくり四分の一を込める。弾の重さが増えると、火薬量の割合は少しずつ減らすのが心得だそうな。五十匁筒なら十一匁（約四十一グラム）の黒色火薬を、三十匁筒なら八匁（約三十グラム）を込めて撃つ。長篠のそれは、少々火薬が多過ぎたようだ。

発射する塵弾にも一工夫を加えた。二匁弾十発を一匁弾二十発に替え、まとめて布に包んで装塡してみたのだ。

余談にはなるが――弾の重量と火薬の量は単純には決まらない。同重量の弾を撃ち出すにしても、銃身が長ければ少ない火薬量でも威力は十分だし、短ければ火薬は多目に使わねば威力不足となる。ちなみに、弁造の三十匁筒は全長二尺（約六十センチ）と少し――大筒としてはかなり短い方なので、火薬は少し多目となる。

「兄貴、これで撃ってみるでござるよ」

「大丈夫か？」

「さあ、どうでござろうか」

「おいおいおいおいおい」

不安顔の弁造が三十匁筒を受け取った。

塵弾の試射なので、古い兵糧小屋の板壁に向けて撃つことにした。

「大丈夫、誰もおりません」

小屋の内部と周囲に人がいないことを調べ戻ってきた義介が、与一郎に報告した。

「よし弁造、いったれ」

「はッ」

と、巨漢が大筒を構えた。小屋の壁との距離は十間（約十八メートル）だ。

「では、撃ちまっせ」

そう断ってから、弁造はおもむろに三十匁筒を腰だめに構えた。両足をやや開いて踏ん張り、十分に腰を落とし、大きく息を吐いてから、ドンと撃った。銃口から濛々たる煙と竜神の吐息の如き炎が三尺（約九十センチ）以上も噴き出した。銃口《じゅうこう》は空に向かって大きく跳ね上がったが、弁造は少しよろけたのみで、ひっくり返ることはなかった。

「見事や、弁造！　左門、玉割を極めたな！」

「御意ッ」

「お言葉、感激にござる」

「うひょ〜、もの凄ェや」

兵糧小屋を見に行った義介が、驚嘆の声を上げた。

板壁に、幅二間（約三・六メートル）にわたって、小さな穴が幾つも開いている。直径三分（約九ミリ）の鉛弾が、板壁を貫通した痕だ。

「これなら、一発で五人やそこらは倒せるな」

弁造が声を弾ませた。

「距離十間で撃ってこれでござる。距離二十間で撃てば、弾は広がるから一発で十人は倒せるでござるよ」

左門が胸を張った。

「よし、次は一発弾でやってみろ」

左門が、重さ三十匁（約百十三グラム）、直径九寸（約二十七ミリ）の鉛弾を懐から取り出した。黒色火薬は前回と同じ八匁（約三十グラム）を込める。

大筒も発射の仕組み自体は小口径の火縄銃と一緒だ。引鉄を引くと火挟《ひばさみ》が落ち、先端にとりつけられた火縄が火皿に盛られた口薬《てんかやく》に引火する。火は火穴《ひあな》を通って銃身内部の玉薬《たまぐすり》（装薬）を爆轟させ、その圧力で弾を押し出すのだ。

「こんな大きな弾を撃ち込むんや。あんな安普請の小屋は、一発で倒壊させられるのではないかな？」

「お言葉ではござるが、多分板壁などは楽に貫通してしまうので、一発での倒壊は無理かと思うのでござる」

「柱か梁《はり》を狙って撃てばどうや」

「そんなもん、当たりますかいな」

弁造が嘆息を漏らした。大筒は威力こそ十分だが、発砲時に銃身が激しく暴れるので「狙って撃って当てる」のは難しいのだ。

「立木にもたれて撃てばどうや？」

「台座に据えて撃ってもええ具合でござるぞ」

「ま、やってみましょう」

この場に台座はないので、弁造は、杉の立木に体を凭《もた》せて三十匁筒を構えた。

「ああ、これなら安定する」

「小屋の四隅に柱があるやろ。それを狙え。撃ち抜け」

与一郎、どうしても一発倒壊に拘っている。

「はッ」

弁造が腰を落として両足を踏ん張る。深く息を吐いた。

「撃ちまっせ」

ドーーーーン。

と、同時に、ガクンと小屋の屋根が二尺（約六十センチ）も下がった。手前の柱を、直径九寸（約二十七ミリ）の鉛弾が撃ち抜き、支えていた屋根の一部がずり下がったのだ。

「見事や！　やるなァ弁造！」

「恐悦至極に存じまする、へへへ」

「三十匁筒でもこの威力にござる。これがもし百匁筒なら、如何ほどもの凄いのでござろうか。百匁筒が普及すれば、城門などは、無用の長物と化すでござろうなァ」

左門が浮かれた。

「殿、百匁筒が欲しくなりますなァ」

と、弁造が与一郎を見た。

「そ、そうやな」

（阿呆。百匁筒は金百二十両〈約千二百万円〉やぞ……そんなもの買ったら、残り一年霞《かすみ》を食って暮らすことになるわい）

主人としての威厳も大事だ。世知辛い愚痴は、心の中だけで零《こぼ》し、表面的には笑顔で頷いていることにした。

「あんの……」

振り向けば槍足軽十人を率いた徒武者が、相済まなそうに小腰を屈めている。

「なにを、なさっておいでてでしょうか？」

小頭が与一郎に訊いた。

「見ての通り、大筒の試射をしておる」

「それは結構なことでございまするが……あの、麓の屋敷の御歴々が『朝から喧《やかま》しい』と仰せでございまして……はい」

「あ、それは抜かった」

今はまだ卯の下刻（午前六時台）だ。山頂で大筒をぶっ放し、建物を半壊させる時間帯ではない。うかつだった。今後は、もっと山奥に連れていき、弁造に鍛錬を積ませよう。

三

長篠の戦いから約八十日後の天正三年（一五七五）八月十二日、信長は総勢三万の軍勢を率いて岐阜を発った。その夜は垂井《たるい》に一泊。翌十三日には秀吉が拠る小谷城へと入った。信長はこの地で軍議を開き、諸将と綿密に打ち合わせをした。

翌日の八月十四日、信長本隊は越前国へと入り、敦賀に本陣を敷いた。

そして運命の八月十五日、織田勢は総力を挙げ、越前国中枢部への侵入を開始したのである。その数、二万人の大軍団だ。

織田勢の陣立ては、以下の如し――

まず本陣が置かれたのは敦賀花城山城で、総大将の信長が旗本衆一万を率いて采配を振った。

日本海に沿って羽柴秀吉と明智光秀《あけちみつひで》、柴田勝家の諸隊が北上し、木ノ芽峠を越えて内陸の道を丹羽長秀、滝川一益の両隊が進む。さらに東南の美濃国からは温見峠《ぬくみとうげ》を越えて金森長近《ながちか》と原政茂《はらまさしげ》の隊が越前国大野郡へと進入した。海上では若狭《わかさ》や丹後の水軍衆が北上している。武田の脅威がほぼ消滅したこともあり、徳川勢を除くほとんどの織田傘下の武将たちが参集していた。

一方、一向一揆側は、虎杖城《いたどりじょう》から木ノ芽峠の諸城をもって北国街道を封鎖し、海側の大良口《だいらぐち》は杉津城《すいづじょう》と海に近い新城で守りを固めた。東から西へと防衛線を引き、織田勢の敦賀からの北上を阻止せんと目論む。総大将の下間頼照は要《かなめ》となる火燧城《ひうちがじょう》に籠り、倅の下間頼俊には虎杖城を守らせた。

未明から風雨が強まった。

天正三年（一五七五）八月十五日は、新暦に直せば九月の十九日に当たる。ひょっとすると、台風が来ていたのかも知れない。なにしろ凄い風だ。日本海は大荒れである。水軍衆はどうしているのだろうか。

それでも織田全軍が動いた。

羽柴隊三千人は、明智隊、柴田隊と併せて一万人の大軍で、北東からの風雨に苦しみながらも、海沿いの大良口に挑んでいた。

「なんや、木ノ芽峠には行かんのかいな？　幾度か往来して地形も覚えとったのに、全て無駄や」

弁造は、六角棒と三十匁筒を両肩に担いで歩きながら、盛んに残念がった。ちなみに、三十匁筒と六角棒の重さは、合計五貫（約十九キロ）ある。

今春の融雪以来、与一郎主従は秀吉の命を受け、木ノ芽峠の砦群を調べ上げた。その知識が、大良口攻めに配属されたことで「無駄になった」と弁造は嘆くのである。

「無駄なことあるかい」

雪風の馬上から、与一郎が弁造に振り返った。

「おまいと左門の描いた絵図は、殿様（秀吉）を通じて、木ノ芽峠に向かわれた丹羽長秀様に渡っとる。誰かの役にはたっているとゆうことさ」

「なるほど、然様《さよう》で……」

弁造が大仰に頷いた。半笑いの顔が雨に濡れている。

「ただ、身共は聖人君子ではないですから。手前《てめ》ェの苦労が他人様《ひとさま》の役にたっても、別段喜べませんわ」

「ハハハ、そうかい。分からんでもないが、口には出すな。嫌われるぞ」

「御意ッ」

と、弁造がおどけて頭を下げると、左門と義介からも、笑い声が上った。小さな小さな与一郎軍団であるが、士気は高そうだ。

木ノ芽峠は、確かに最重要地点である。だからこそ秀吉は調査を命じたし、一向一揆の坊官たちも、幾つもの砦を設け、厳重に守りを固めているのだ。信長としても本来ならば、織田家の最精鋭部隊である羽柴、明智、柴田の三軍を投入、この要衝を一挙に制圧させようと考えていたはずだ。しかし、ある事情から、精鋭三軍は海沿いの大良口攻めに向かっている。

ある事情——大良口の要、杉津城を守る堀江景忠が、織田方の武藤舜秀の工作により、こちら側に通じているという事実だ。

先行した物見によれば、海側に立つ新城を守る府中円宮寺《えんごうじ》の門徒衆と若林長門守《わかばやしながとのかみ》の手勢は、城から出て、空堀を穿ち、土塁を盛り上げ、柵を設け、往還を厳重に封鎖しているという。通常ならば、羽柴、明智、柴田の三隊が如何に精鋭部隊でも、ここを抜くのに一刻（約二時間）や二刻（約四時間）はかかりそうだ。

しかし、杉津城はすでに織田方なのである。話は少し戻って十三日の夜。小谷城での評定で信長は以下のような方針を告げた。

「半刻（約一時間）以内に突破せい。杉津城の堀江と連携すればできよう」

そう言って信長は、六畳分もある越前の詳細な絵図を杖で指し示した。

「門徒共と杉津城、新城の接収と仕置は、権六（柴田勝家）に任せる。権六、片付けた後は、猿と日向《ひゅうが》の後を追って大良口から越前府中を目指せ。急げよ」

明智光秀は、一ヶ月《ひとつき》まえの天正三年七月、従五位下日向守に任官している。

「御意ッ」

赤ら顔の筆頭家老が、鷹揚《おうよう》に頷いた。

「猿と日向は大良口から入り、一気に越前府中を目指せ。明日中に龍門寺城、府中城、円宮寺を落とし、火を放って燃やすのだ」

「ただ、杉津から府中までは五里半（約二十二キロ）ございます。さらに春日野《かすがの》まで険しい山道が続きまする。十五日の内に府中へ入るのはちと……」

光秀が異を唱えた。朝に一城落として、五里半の山道を走り、さらに三城を落とす――無茶苦茶である。光秀の意見は至極もっともではあったが、信長の表情は見る間に険しくなった。

「あ……」

光秀自身「まずいな」とは感じたようで、口を閉ざしたのだが、信長は光秀を睨んだまま、床几から腰を浮かしかけている。信長がこうなったら、誰にも止められない。評定の場は静まり、筆頭家老の柴田勝家以下、誰もが側杖《そばづえ》を食わぬように視線を床に落とした。

「ひ、日向殿……ま、雪の季節でもなし」

と、秀吉が声を上ずらせながら、おずおずと割って入った。

「それに、杉津城の堀江景忠殿が道案内をして下さいましょう。五里半、なにするものぞでございまするよ、ね？　ハハハ」

「ようゆうた猿」

信長にも分別はあり、今回は秀吉の機転に免じ、光秀を叱責するのは止めにしたようだ。

光秀は、秀吉に目配せし、微かに会釈した。

(まあな。こんなもんだわ)

秀吉は、安堵の胸を撫で下ろした。ここ小谷城は秀吉の本拠地だ。応接する側として、軍議の席での打擲騒《ちょうちゃくさわ》ぎは勘弁してほしい。それに——彼は出自が卑しい。今まで、軽んじられたり侮辱されたりの記憶は数知れない。しかし、光秀から「その手の扱い」を受けたことは一度もないのだ。あまり接点もなく、朋輩と思ったこともないが、秀吉は決して、この寡黙な男を嫌いではなかった。

信長は床几に座り直し、改めて話を進めた。

「火燧城には総大将の下間頼照が、虎杖城には倅の下間頼俊が籠っておる。この二人を挟み打ちにする」

信長は、絵図上の火燧城と虎杖城を杖の先で叩いた。

「惟住《これずみ》(丹羽長秀)と左近《さこん》(滝川一益)は、木ノ芽峠の諸砦を早々に落とせ。朝の内にな。城兵は皆殺しにはするな。峠から追い落とし、後詰めの虎杖城、火燧城に逃げ込ませるのだ。その後は木ノ芽峠から、両城に向けて駆け下れ」

「駆け下る？」

「牛や馬を追い立てる要領じゃ」

「御意ッ」

丹羽長秀が頷いた。

十五日の内に羽柴隊と明智隊が府中を占拠していれば、敵の総大将父子は府中と木ノ芽峠の間の山中で、行く手と背後を押さえられ、まさに袋の鼠となる。


まず、府中円宮寺の門徒衆と若林長門守の手勢による大良口の封鎖を攻めた。

先鋒《せんぽう》は柴田隊である。羽柴隊と明智隊は、これから越前府中に向けて山中の道を駆けねばならないから、とりあえずは楽をさせてもらった。

今年四十六歳の柴田勝家は「鬼柴田」との異名をもつほどの剛将である。強い向かい風をものともせずに、四千の手勢を叱咤《しった》激励して突き進む。敵も怖いが御大将の鬼柴田はもっと怖い。

「死ねや者ども！」

「えいとう。えいとう。えいとう」

将兵は、柴田の怒声に追い立てられるようにして敵の柵へ、土塁へと武者押しの声とともに、黒い塊となって突っ込んだ。

ダンダンダン。ダンダンダンダンダン。

柵の中から鉄砲隊の斉射がきて、柴田隊の先鋒がバタバタと倒れる。

「退くなッ。退いた者は生皮を剝がすぞ！」

「えいとう。えいとう。えいとう」

生きたまま皮を剝がれるぐらいなら、敵鉄砲に胸を撃ち抜かれて死んだ方がまだ楽だ。

柴田隊は黙々と進んだ。

守る一揆勢には、わずかに国衆や地侍も交じってはいるが、そのほとんどは農民である。甲冑も満足に着ていない。弥陀との縁を頼りに、竹槍を闇雲に振り回しているだけの烏合《うごう》の衆だ。千軍万馬の柴田隊の敵ではない。押され気味になったところへ、突如背後の杉津城から堀江隊が鉄砲を撃ちかけてきた。味方の裏切りに動揺した守備側は一気に崩壊、織田方は朝の内に封鎖を突破した。

「ええか。ここからが勝負や」

麾下の将兵を前に、秀吉が吼えた。折からの強風を凌《しの》ぐ大音声である。

「杉津城から越前府中城まで五里（約二十キロ）と少しある……たかが五里や。今から急げば、夕方には着ける。や、着かねばならん。毎度のことやが、頑張って走った奴にはたんまり報いてくれる。今夜は府中で酒盛りや。こうして……」と、両手にそれぞれ大きな麻袋を掴んで差し上げた。

「ほれ、おまんらにやる褒美の粒金を仰山《ぎようさん》もってきたがね」

差し上げた重そうな麻袋を見て、将兵の間から歓声が沸き起こった。

「それゆけェ！　府中で会おうぞ」

羽柴隊三千は、欲と二人連れで駆け出した。杉津城から海沿いを二里（約八キロ）ばかり北上したところが大良口となる。大良口から北東方面に入れば山道が続くが、秀吉はぬかりなく、杉津城主堀江景忠に「十人の道案内役」を依頼していた。これで山道に迷う心配はないだろう。さらに海沿いよりも、むしろ山中に入ってからの方が、木々が茂って風雨を遮ってくれる。却《かえ》って走りやすかった。雨の影響で多少は滑るが、転ぶたびに「秀吉が掲げた粒金の麻袋」が目に浮かぶ。誰も不平を言わずに黙々と走り続けた。

「おい、義介」

「はッ」

森義介は、その健脚振りに惚れこみ、与一郎が家来にした。陪臣の末の末ではあるが、一応は武士なので、戦装束《いくさしょうぞく》も足軽のそれではなく、徒士武者の身支度だ。戦場での配置は、雪風の轡とりである。

「おまい、達者な足を生かせ。先に行ってたんまり褒美を貰え」

「よいのでございまするか？」

「ええよ。できれば一番になれ」

上位で府中に駆け込んだ義介が「大石与一郎家臣」と名乗れば、主人である与一郎の株も上がろうというものだ。

「では、お先に」

若者は、雪風の轡を左門に預け、与一郎に一礼してから雨の中を駆け去った。

「殿、雨に打たれながら御馬で行かれると、御身体が冷え込みまするぞ」

「そうやなァ。では歩くか」

と、雪風から下りた。

弁造の指摘の通りである。馬での行軍は楽だが、雨の日に長時間濡れながら騎行すると、体が冷え込んでしまう。まだ夏の終わりだから寒くはないが、嘗めていると風邪を引いたり、いざというときに体が冷えて動かず、思わぬ不覚をとることがある。雨の日には時々馬を下り、馬の傍らを一緒に走って体を温めるのが騎馬武者の心得だ。

「叔父御とは連絡を取り合っているのか？」

雪風の傍らを、ともに小走りに進みながら左門に質した。左門の叔父とは、府中城にいるはずの大和田宗衛門のことである。

「長篠へ赴く直前に、手紙を遣《や》り取《と》りしたのが最後でござった」

「五月にはまだ府中城におった。一揆側やった。つまり、そうゆうことか？」

「御意。叔父は、諸事『腰が重い』ところがござるので、逃げ遅れてなければええがと心配しているところでござる」

「信長公のことや、おそらく府中の一向門徒衆は、皆殺しにされるぞ」

「で、ござろうなァ」

と、心配顔で頭陀袋を背負い直した。

与一郎としては、宗衛門のことも心配ではあったが、それ以上に於弦のことが気になっていた。於弦が府中郡司の七里頼周の寵愛《ちょうあい》を受けていることは、ほぼ間違いない。最近は姿を見ないらしいから、どこか安全なところにでも避難していればいいが。

結果的に、杉津城での戦いで柴田隊が奮闘してくれたことは有難かった。堀江景忠の内応により戦自体は簡単に済んだが、それでも合戦となれば命懸けだ。心身ともに疲れる。今日一日の強行日程を考えると、羽柴隊、明智隊が朝一番の戦を回避し、体力を温存できたことは、両隊にとって幸運だった。

山道も然程《さほど》に悪路ではなく、多くは山間の平地を進めた。本格的な山越えとなったのは、河内《かわち》から春日野までの一里半（約六キロ）ぐらいか。春日野から先はまた山間の平地が、府中のある武生盆地まで続いた。

四

十五日の午後、羽柴隊と明智隊は越前府中へと雪崩《なだ》れ込んだ。細い山道を、六千人がほぼ一列になって二里（約八キロ）も駆けてきたのである。走った分、各々の脚力の差が出ており、部隊は縦長に間延びしていた。秀吉と光秀は、前もって相談していた通り、ある程度兵力がまとまるのを待ってから、府中城、龍門寺城、円宮寺への攻撃を開始した。

北東側に府中城が、南西側に龍門寺城と円宮寺が位置している。羽柴隊は、府中城攻撃を担当し、明智隊が龍門寺城と円宮寺を襲う手筈《てはず》となった。

ドンドンドン。ドンドンドン。

羽柴隊の先鋒が府中城に取りつく前に、南西の方角から明智隊の銃声が聞こえてきた。三拠点は互いに六町（約六百五十四メートル）ほどしか離れていない。

「あらら、明智衆はもう始めたようやな」

羽柴隊三千人の中で、二番目に早く府中へと駆け込んだ義介が呟いた。

ドンドン。ドンドンドン。ドンドン。

盛んに撃っている。

「弁造、もっと前へ出よう！　先頭に出るぞ」

雪風の鞍上から与一郎が命じた。大分静まったが、まだまだ風雨が残っている。ほとんど怒鳴り声だ。

「府中城の城門に三十匁筒がどれほど有効か確かめるんや。味方が殺到した後では、無闇に弾を撃ち込めんからなァ」

もし弁造の大筒が城門を破壊すれば、その武功を上申し、秀吉に百匁筒を強請《ねだ》るつもりだ。秀吉のことである、有効な得物だと知れば、ポンと金百二十両を出してくれるような気がする。

「委細承知！」

主従四人は、味方を押し退けるようにして、前へ前へと進んだ。ただ、誰もが武功は欲している。先頭に立ちたいのは皆一緒だ。親切に道を開けてくれる者などいはしない。

「弁造、構わん。六角棒を振り回して前へ進め。大筒は俺に貸せ」

身の丈六尺二寸（約百八十六センチ）、目方二十四貫（約九十キロ）ある弁造が、長さ一間半（約二百七十センチ）、重さ二貫（約七・五キロ）の六角棒を、鬼の形相で振り回し――

「道を開けろや！　殺すぞ！」

そう吼えて進むと、不思議と人波が割れて道が出来た。

部隊の先頭に立つと、勝手知ったる府中城の大手門に向けて突っ込んだ。府中城には、日野川の水を引いて幅十間（約十八メートル）ほどの水堀が設えてあったが、各城門に通じる橋はどれも堅牢な土橋であり、籠城側も簡単に落とすことはできなかった。攻城側には有利である。

与一郎は雪風から下り、手綱を義介に任せた。弁造に三十匁筒を渡し、代わりに六角棒を受け取った。

（こりゃ、俸給をケチらんと、小者の一人か二人は召し抱えんといかんなァ）

往時、騎馬武者たる者、馬の世話をしたり、甲冑や得物を持たせる従者を従えて戦場に赴くのが心得であった。戦闘員の数を揃える事ばかり考えていたから、従僕を召し抱えるのを忘れていた。

「ほれ弁造、遠慮はいらん。城門を撃ち壊してやれ」

「はッ」

と、大き目の梅干大の一粒弾に大量の火薬を装填し、火鋏を起こした。雨で火皿が濡れぬように、機関部には革製の雨覆《あめおお》いがかぶせてある、火縄も漆で塗り固めた雨天用の火縄だ。右手親指で火蓋を切るのももどかしく、腰だめにしてドカンと撃った。

バタッ。

門柱には命中したのだが、弾が深くめり込んだだけで、城門が倒れる様子は終《つい》ぞ見えない。

（だ、駄目か……）

「門柱は太過ぎて効かんのでござるよ。鎹か門を狙うでござる」

慌てて左門が指示したが、もうその頃には、羽柴隊の同僚たちが、土橋を駆け渡り、城門へと殺到していた。まさか味方が密集する中へ向け、弾を撃ち込むわけにもいかない。

「今日のところは大筒はもうええ。弁造、六角棒で戦え」

と、六角棒を渡した。弓と雪風と三十匁筒と左門の頭陀袋とは、すべて義介一人に任せた。持槍を手に、弁造と左門を率いて土橋を駆け出した。

「戦場は木ノ芽峠や。四つも五つも砦が並んでるんや。そう簡単には抜けん」

と、戦火はまだ遥か南の方だと高を括り、油断しきっていた城兵たちである。降って湧いた敵軍に大混乱をきたし、我先にと逃げ出し始めた。城門はすぐに突破された。

龍門寺城将三宅権之丞《みやけごんのじょう》は討死、於弦を囲っていた府中城の七里頼周は何処かへと逐電して姿が見えない。秀吉と光秀は、円宮寺を含めて越前府中の一揆拠点三ヶ所を、いとも簡単に制圧したのである。「来るはずのない敵が来た」からこそ一揆側は虚を突かれ、満足に応戦することすらできなかったのだ。まさに、信長の強引な用兵が奏功した勝利であった。

（この辺の非情さは、信長ならではのものやな。悔しいが、浅井公にはできん用

兵や。そりゃ、人と鬼が喧嘩すれば、鬼が勝つわなァ）

与一郎は心中で感想をまとめた。

一方、背後の府中を突かれた火燧城、虎杖城の一揆勢は驚き慌て、助太刀しようと城を出て、府中へと駆けつけた。三つの堅城が短時間に落ちるとは考えられず、「まだ間に合う」と考えたようだ。後方からは、木ノ芽峠を駆け下りた丹羽隊、滝川隊が迫っている。

無論府中では、羽柴隊と明智隊が手薬煉《てぐすね》を引いて、下間父子と一揆軍を待ち構えていた。飛んで火に入る夏の虫であった。

秀吉は配下に、府中城や町屋への放火を禁じた。下間父子が警戒して武生盆地まで出て来ないと、戦果を拡大できないからだ。信長の趣旨は、本日十五日の戦で「ほぼ勝負を決めてしまえ」ということだ。府中占領ぐらいでは足りない。圧倒的な勝利、完膚なきまでの殲滅が求められていた。

秀吉と光秀は相談し、龍門寺城、府中城、円宮寺内に、それぞれ兵五百人ずつを入れ、残りの四千五百人を周囲の町屋や林、畑などに隠した。一揆勢を十分に引き入れてから伏兵を起《た》たせ、敵を押し囲み、壊滅させる策だ。

与一郎の配置は、府中城大手門の矢倉上である。大手門全体の指揮は、片桐助佐が執った。気心の知れた片桐の指揮なら信頼できる。鉄砲隊二十人、弓隊十人、槍隊が二十人——計五十人の羽柴家足軽と、片桐と与一郎の家来衆で城門を守る。一揆勢を待つうち、夕方には風雨は治まった。日が暮れると、東の山の端からは大きな満月が上り始めた。

秀吉が火燧城、虎杖城方面へと放っていた物見たちが駆け戻り、一揆勢の接近を各隊に小声で告げて回った。近づく敵に悟られぬよう、馬の口には枚《ばい》をふくませるよう命じられ、兵たちには大声での会話が固く禁じられた。

「枚を忘れた。おまい、持っとらんか？」

与一郎が左門に小声で質した。

「枚？　はいはい、持っておるでござるよ」

と、頭陀袋を肩から下ろし、中をかき回していたが、やがて両端に紐がついた薄い木片を取り出してニッコリと笑った。まったくもって不思議な袋である。

「どうどう。辛抱してくれ」

嫌がる雪風を宥めつつ、口に木片を食《は》ませ、紐を首の後方で緩く縛った。これで馬は嘶き辛くなる。

しばらくは待つしかない。誰も喋らずに息を潜めているので、秋の虫たちが盛んに鳴き交わし始めた。

やがて、南の方角から馬の嘶きが聞こえ、軍勢が近づく気配が伝わり始めた。まだ距離は随分遠い。

(来たな)

と、与一郎は右腰の箙から征矢を一本抜き取った。今日の敵は、主に一揆の農民だ。さすがに毒矢は用意していない。

ドンドンドン。ドンドン。ドンドンドン。

秀吉隊であろうか明智隊であろうか、先走った鉄砲隊が斉射を始めた。

「うおーーーッ」

四千五百人の伏兵が一揆勢へ向けて襲いかかり、夜を通しての殺戮《さつりく》の宴が開始された。

与一郎たちが籠る府中城にも、一揆勢の一部が押し寄せた。伏兵に追い立てられ、仕方なく突っ込んできた風もある。

「ナンマンダブ、ナンマンダブ、ナンマンダブ」

一向一揆が唱える鬨の声は念仏だ。通常の武者押しより、低く緩く単調である。

敵を圧倒し、自軍に気合を入れるという本来の武者押しの目的は後退し、彼らの後生への強い想いが感じられる陰々とした声だ。

「ナンマンダブ、ナンマンダブ、ナンマンダブ」

「糞ッ。嫌やなァ。辛気臭いのう」

塵弾を込めた三十匁筒を構えながら、弁造が小声で呟いた。

満月に照らされて「南無阿弥陀仏」の流旗が、あたかも龍か蛇の如くに身をくねらせながら押し寄せてくる。

所詮は有象無象の百姓兵、武装も満足でない弱兵だが、ただ一点だけ――こやつらは死を恐れていない。むしろ阿弥陀仏の名の下での死を求めている。敵として、そこだけが恐ろしい。

「鉄砲隊、火蓋を切れィ」

腰の打ち刀を抜き、片桐助佐が小声で命じた。

「ワシが命を下すまで誰も撃つなよ」

五百名ほどの一隊が府中城前に満ちた。相変わらず称名の声が続いている。

一揆勢から坊官らしく白頭巾をかぶった騎馬武者が一騎、雪風によく似た蘆毛馬を駆って前へと進み出た。

「進者往生極楽、退者無間地獄……今はこれまで、皆の衆、浄土で会おうぞ」

と、大音声を張り上げると、抜刀し、馬の鐙を蹴り、大手門前の土橋を渡り始めた。後方から一揆の一隊が「南無阿弥陀仏」の流旗を押し立てて続く。「ナンマンダブ」の鬨が押し寄せてくる。

「鉄砲隊、放てッ」

ドーーン、ドンドンドン。

矢倉上から二十挺の鉄砲が斉射、闇の中に二十の火柱が噴き出した。

土橋上では、坊官が数発の銃弾を受け鞍上からドウと転がり落ちた。その蘆毛馬も、主人に殉ずるが如くに膝を屈し、前のめりに倒れた。一度は嘶いて身を起こそうともがいたが、力尽きて首を投げ出し動かなくなった。人馬ともに天晴《あっぱ》れな大往生である。

「弓隊、前ェ」

鉄砲隊と弓隊が入れ替わる。与一郎もこの列に加わり、征矢を弦に番えた。

土橋上では撃ち倒された「南無阿弥陀仏」の流旗を後続の者が拾い上げ、押し立て、さらに突っ込んでくる。

「弓隊、放てッ」

少々裏返った片桐の声に、十一張の弓から矢が放たれた。

ヒョウ。ヒョウ。

土橋上ではさらに数名が矢を受け、流旗も倒れた。しかし、また後続が旗を拾い上げると、十数名が黒い塊となり「ナンマンダブ」の声を合わせて突っ込んでくる。鉄砲隊を見るが、次弾の装塡はまだだ。流旗と称名の声が押し寄せる。

「邪魔や、どけィ」

山賊上がりの巨漢は、大筒を抱えて進み出ると、走り来る流旗の一団を目がけ、三十匁筒をブッ放した。

ドカーーン。

野太い銃声とともに、長大な火柱が銃口から吹き出し、二十発の一匁弾が土橋上を走っていた流旗の一団を文字通り薙ぎ倒した。

「おーーーッ」

城兵の間から感嘆の声が上がった。

その時、一揆勢の後方から別の羽柴隊が襲い掛かった。先鋒の城攻めは土橋上で苦戦している。殿軍《しんがり》は新たな敵に嚙みつかれ、一揆勢は大混乱に陥った。

「今や。城門を開けェ。打って出るぞ。皆殺しにせェ！」

片桐が興奮し、頭上で刀をブンブンと振り回す。

ギギギギッ
門扉が軋《きし》みながら開くと、百人ほどの大手門守備の羽柴隊が、土橋上の一揆勢の骸や屍を踏み越えて駆け出し、殺戮に加わった。

槍を取り、皆の後に続こうとする森義介を、与一郎が制した。

「止めとけ。あんなもの、牛や馬を殺すのと一緒や。まっとうな武士のやることやない」

「でも、手柄が……」

「阿呆ッ」

若い家来の鉢巻きを巻いた額の辺りを、軽く小突いた。

一揆勢は算を乱して散り散りとなり、町屋や路地に逃げ込んだが、羽柴隊の面々が追いかけ、見つけ出し、容赦なく斬り捨てた。殺戮の阿鼻叫喚《あびきようかん》は、満月が中天に上るころまで延々と続いた。

信長は後日、京都《きようと》所司代の村井貞勝《むらいさだかつ》に送った手紙の中で、八月十五日府中での戦果について以下のように述べている。

「府中の町は死骸ばかりにて、隙間のないほどであった。都合二千人余を斬った。お前にも見せたかった。今日も山々谷々を尋ね捜し、うちはたすべく候《そうろう》」

五

翌十六日、信長は馬廻衆など一万人を率い、未明に敦賀花城山城を発ち北上した。木ノ芽峠を越えて府中へと至り、竜門寺城に本陣を置いた。ちなみに、花城山城から府中龍門寺城までは九里（約三十六キロ）ある。天候が回復したとはいえ、かなりの強行軍であったようだ。あるいは、小谷城での評定における光秀の意見への「当てつけ」でもあったのだろうか。

下間頼照、頼俊父子は、山中に潜伏していたが、織田方に寝返った安居景健《あごかげたけ》により発見殺害された。安居は、下間らの首級を手土産に降伏を申し出たが、信長はこれを許さず、自刃を命じられた。

ちなみに、安吾景健——元は朝倉景健と名乗った。朝倉一門衆として姉川の戦いでは、主人義景に代わり朝倉勢の総指揮を執ったほどの大物だ。景健が切腹した折、家臣三人がその場で追腹《おいばら》を切り、主に殉じたそうな。思うに景健、それ相応の人物だったのではあるまいか。

八月十八日、越前府中の二里半（約十キロ）北方にある鯖江の鳥羽城《とばじょう》を柴田勢、丹羽隊が落城させ、美濃口からは金森長近と原政茂が大野に乱入、大野郡司の杉浦玄任を討ち取った。

かくの如く――わずか四日で、一揆の組織的な抵抗は鳴りを潜めた。ただ、一向一揆を不倶戴天と見なす信長としては、これでは終わらない。

ここからは、只管、殺戮である。

信長は「居所が分かり次第、山林を捜しあて、男女の区別なく切り捨てるように」との命を全軍に下した。

織田軍は、長島征伐の再現とばかりに、女子供も見境なく殺し、奪い、犯した。使えそうな者は奴婢《ぬひ》として尾張や美濃へと送られた。その総数、三万とも四万とも言われる。

秀吉は羽柴隊全軍に「数日のうちに加賀国へと攻め入る」旨を伝えた。稲葉一鉄《いなばいってつ》隊、明智光秀隊なども一緒である。

ただ、加賀一向一揆は、長享二年《ちようきよう》（一四八八）以来九十年近くも続く強力な惣国《そうこく》一揆だ。本願寺の力の入れようも越前とは違う。秀吉としても、国境を越え江沼《えぬま》郡界隈の砦を一つか二つ落とすことで「お茶を濁す」つもりではないかと、兵たちは囁いていた。要は信長に対し「加賀にまで攻め入った」と手柄を誇りたいだけなのだろうから。

それにしても――

（また、一向一揆征伐かい）

与一郎は、嘆息を漏らした。

（今度も沢山殺すんやろなァ。相手が武家ならまだしも、信長の場合、百姓や女子供でも容赦がないから辛いわ。凹《へこ》むわ）

羽柴隊が加賀へ出撃するまでの間は骨休めである。与一郎は、供も連れずにただ一人、家と人の焼けた臭いが立ち込める越前府中の城下を歩いた。与一郎自身、十五日以来の三、四日で幾人か殺した。戦意の乏しい、念仏を唱えて死を待っているような敵には、矢を使うまでもない。槍を手にして、できるだけ苦しまないよう、喉か胸を突くことにした。

「女子供に手は下すな」

と、三人の家来には小声で命じたし、幸い与一郎自身も女子供は殺さないで済んだ。ただ、もし秀吉なり、長秀なりに「殺せ」と命じられたらどうだろう。拒否すれば軍紀違反となるから、仕方なく与一郎も「女を斬る」のだろうか。「子供を刺す」のだろうか。

（嫌やなァ。末世やなァ）

路傍には、首のない死体、焼け焦げて性別も判然としない亡骸《なきがら》、大きな屍、小さな骸が、物のように転がっている。遺品を漁る物乞いが、まるで地獄の亡者のようにも見えた。

（これが地獄ってもんなんやろなァ。ナンマンダブを唱えて、地獄に落ちてりゃ世話ないわ）

そこで、ふと足を止めた。見れば、壮年の鎧武者が一人、腕を組み、苦い顔つきで物思いに耽《ふけ》っている。あれは丹羽長秀麾下の太田又助ではないか。

「太田様？」

「やあ、大石殿……」

与一郎は、太田の横に並んで立った。

「なかなか切ない戦でございましたな」

「然様。酷いものでござる」

太田は手ぶらであった。戦場を含めて、いつも持ち歩いていると言っていた帳面を、今日は持っていない。

「帳面はどうされました？　確か、信長公の伝記を書かれておられましたよね」

「ああ、あれは……思うところあって、現在は中断しております」

「中断？」

太田は信長の直臣《じきしん》ではあるが、寄騎として現在は丹羽長秀の組下にいる。上役である丹羽から、信長の伝記について難癖がついた。

信長の功罪を公正に書く作風を丹羽は問題にしたのだ。禄を与える主人の残虐非道ぶりを批評的に描くのは「不忠ではないか」と窘められたようである。

「不忠ですか？」

「そう言われ申した」

「忠義の道から外れるとの趣旨ですね？」

「多分」

丹羽としては、配下が妙なものを執筆し、上長として責を負わされるのは「傍《はた》迷惑だ」とでも考えたのだろう。さりとて無批評な英雄譚を書く気は太田になく、それで「今後、執筆《しゆひつ》をどうするか」「いっそ止めてしまおうか」と悩んでいたらしい。

「良いことも悪いことも、誰かが後世に真実を伝えねば、とは思うのですが。丹羽様に御迷惑はかけたくないし、不忠云々と言われるとさすがに弱い。一応これでも武士にござるからな、ハハハ」

と、与一郎に寂しく微笑みかけた。

「丹羽様に、隠れてお書きになれば？」

「隠しおおせるほど器用ではござらんよ。いずれ露見し申す」

（つまり、主人の悪行に目を瞑るのが「忠義」やとゆうとるのかいな？　これはどの忠義かな？）

与一郎は然程に頭脳明晰な方ではないが、それでも最近では、皆が無自覚に使っている忠義の語意に、幾つかの種類があることに気づいていた。少なくとも石田佐吉の言うそれと、与一郎が信じるそれとは異なるはずだ。それが具体的にどう違うのか、どこが重なるのか、学識豊かな太田に分析して貰えれば有難いと思った。

「ね、太田様？」

「はい？」

与一郎は、太田又助に「忠義のなんたるか？」を質してみた。

「さあ、忠義は……忠義でござろう」

そうあっさり答えてから、太田は「しまった」というような顔になり、黙り込んでしまった。おそらく、与一郎と同じ論点に考えが及んだのだろう。忠義は、必ずしも一義ではないはずだ。

「拙者なりの意見をお話し申そう」

「承りまする」

太田又助曰く——思うに、忠義に三途あり。

「三途ございますか？」

「然様、今思いつくのは三つでござる」

まず第一に、社会的規範としての忠義、徳目としての忠義は、秩序を保ち、組織の安定を図るための道具である。

「主人は家臣に服従と献身を従容《しようよう》として求め、家臣は主人に殉ずることで世間から道徳的な評価を受けますな」

（ああ、石田佐吉の提唱する忠義は、まさにこれやな。丹羽が太田殿を窘めた根

拠もこれや）

大名や為政者にとって、非常に使い勝手のよい道具としての忠義である。

次に、秀吉の言う忠義は、極めて功利的な道具だと太田は主張した。

「主人を助け、出世（儲け）させれば、主人は家臣の努力に報いて、名誉なり地位なり、加増なりを与えますな」

まさに御恩と奉公。鎌倉以来の実利的な関係性だ。農民出身の秀吉が、武士階級発生以来の原初的な忠義の最たる実践者とは、実に皮肉なことである。

最後にもう一つ——情緒的で不安定な忠義がある。これは、勿論与一郎の忠義だ。

「主人に対する敬愛や思慕の念がその根底にございます。縦方向の友愛とでも申しましょうかな」

（これは分かるな。もし浅井長政公が阿呆で残虐な主であったら、俺は浅井家再興に挺身《ていしん》することはなかった。万福丸様の御首級《みしるし》を奪還しようとも思わなかったやろうからな）

自分自身もこの手の忠義から恩恵を受けている。あまり銭もなく、弓は上手いが生き方が不器用で、そうそう出世の望みも薄い与一郎に、弁造や左門が嬉々としてついてきてくれるのは、そもそも、この情緒的な忠義があったればこそなのだから。

「無論……」

　太田が続けた。

「三途の忠義は、互いに排斥し合う関係ではない。それぞれが支え合って、より強固な忠義となるのではありますまいか、与一郎殿、如何でござる？」

「御説、感銘を受けました」

　と、与一郎が会釈した。

（ただ、そうはゆうても、俺にはわずかしか銭がない。秀吉流忠義のみで弁造と左門をつなぎ止めておくのは無理がある。さりとて二人は規範に興味がなさそうや。あの二人から見限られたくなかったら、俺としては第三の忠義を極めるしかあるまいな。身を正し、心を整えておく……難しいが、せめて短気を起こしたり、皮肉を言ったりする癖だけでも止めとこう。これは言わば、主人道《あるじどう》の修行なんやからなァ）

　太田の円満な笑顔を眺めながら、与一郎はそんなことを考えていた。

終章　主人道修行《あるじどうしゅぎょう》

宿舎にしている府中城に戻ると、大和田宗衛門が来ていた。

「ああ、御無事でしたか」

「お蔭をもちまして」

と、与一郎に平伏した。宗衛門は五月の段階で病気と称して七里頼周の元を去り、在所に身を隠していたそうな。ただ、越前は現在、一揆狩りで騒然としている。地侍が歩いていると、いつ何時「さては一揆の残党」と問答無用で首を刎《は》ねられかねない。与一郎は宗衛門を秀吉の宿舎へと連れて行った。

「ほう、おまんを手助けしたとな？」

「然様《さよう》にございまする。大賀弥四郎の一件は、この者から伝え聞いて報告致しました」

「うん、それは大功じゃ。で、褒美が欲しいのか？　なんぼ欲しい？」

と、傍らの麻袋に手を伸ばすから、与一郎は慌てて止めた。

「金品よりも、殿（秀吉）の一筆が所望にございまする」

「一筆だと？」

ギョロリと睨まれた。

「御意ッ。この者が羽柴家の隠密であり、一揆側ではない旨の証となるような御書付を賜りとうございまする」

「ほう」

と、秀吉は一瞬黙って与一郎を観察していたが、やがて——

「うん。大体わかった……佐吉に手配させる。下がってよし」

「ははッ」

ホッとして宗衛門共々平伏した。

帰途、宗衛門が与一郎の袖を引いた。

「例の、七里頼周の囲われ者の女ですが……」

「え？」

思わず足が止まった。

「殿の知り合いの娘御は、於弦殿と申しますのか？」

人間関係は不思議だ。いつの間にやら、与一郎が宗衛門の主になっている。

「そ、そうや、於弦や」

少し膝が震え始めた。まさか於弦に、なにかあったのではあるまいか。

「でしたら御安心下され。手前の方で近隣の禅寺に匿っておりまする」

「ぜ、禅寺に……そうかい」

思わず表情が緩んだ。なまじ宗衛門が厳しい顔をして話すから、色々と悪く勘繰ってしまった。禅寺に匿う——流石は左門の叔父、なかなか知恵が回る。

「ただ、若干の問題が」

「なんや？」

「や、ま、それが……なるようになるとでも申しましょうか……」

宗衛門は言い難そうで、まずは、於弦のいる禅寺へ案内したいという。

首を傾げながらも、言葉に従うことにした。

義介を留守番に残し、弁造と左門を連れ、宗衛門の案内で禅寺へと向かった。

ここ数年は一向門徒が幅を利かせた越前国である。古刹と呼べるほどの禅寺だが、やはりかなり寂《さび》れていた。焼き討ちされなかっただけ、まだましな方か。

　その寺の奥まった一室で於弦と会った。

　枯山水の庭に面した広縁を歩いた先に、小さな書院が設えてあり、障子はすべて開け放たれていた。

「こちらでございまする」

　と、案内の小僧が広縁に畏まり、室内を指し示した。

　まず、与一郎一人が敷居を跨いだ。部屋の中央に、打掛姿の若い女が平伏している。

「於弦か？」

「………」

　女はゆっくりと面を上げ、怯《おび》えたような目で与一郎を見た。

「久しぶ……」

　一瞬、言葉を飲み込んだ。

　天正二年一月以来、一年半ぶりの再会である。驚いたことに、於弦は懐妊していた。大きな腹だ。

（……宗衛門が言い辛そうにしていたのはこれか。確かに、懐妊中とは言い難い

わな)

後に続いた弁造と左門も、息を潜め、気まずそうにしている。

経緯は兎も角、於弦は与一郎という言い交わした男がありながら、事実として別の男に抱かれたのだ。ここは激昂《げきこう》すべきだろうか——否々、与一郎は当惑しつつも、意外に冷静でいられた。

思うに、本来痩身な於弦の腹が大きく膨れているの見て「もう、なるようになる」と開き直ったというところだろう。

(良いとか悪いとか、裏切ったとか捨てたとかは、もうこの際どうでもええ。今大事なのは、腹ぼての於弦をどうするか? 腹の子をどうするのか? そうゆう現実や)

与一郎は性根を据え、大きく息を吐いた。

「で、腹の子の父親は誰か?」

「し、七里頼周様にございます」

「然様か」

明らかに於弦は怯えていた。言葉がもつれ、声は震えている。与一郎には「ただのか弱い女」にしか見えない。一方で、於弦はその身に命を宿し、山毛欅《ぶな》の古木のように腹を膨らませて堂々と存在してもいる。

（女は弱く。母は強しか？）

於弦との縁は奇々怪々だ。当初は美男美女として出会い、魅《ひ》かれあい、夫婦約束を交わした。その後、自分の方が約束を反故にし、怒った於弦は、敵側たる一向一揆に身を投じたのだ。さらに一揆の頭領から寵愛を受け、子を身籠り——そして今宵、一揆討伐軍の士分となった与一郎の前で震えているのである。

「俺が、お前を責めることはない。怯えなくてもええよ」

そう声をかけるのが精一杯だった。弁造も左門も宗衛門も、只々項垂れ、時折溜息を漏らすのみだ。

「て、手籠《てご》めにされたのです」

於弦が声を潜め、喉の奥から絞り出すように呻《うめ》いた。

「七里頼周に手籠めにされ、やや子を身籠ったのです」

と、泣き伏した。

禅寺の書院に、女の慟哭《どうこく》ばかりが響き、男たちは言葉を失った。

「……酷い話や。糞坊主が、仏に仕える者のやることか」

与一郎は義憤に駆られたが、於弦の悲劇の原因を作ったのは、彼自身ではないのか。与一郎が、浅井家の再興や、於弦の両親に対する義理を優先し、於弦を二の次に置いたことが、彼女を追い詰めてしまった——これは紛れもない事実なのだから。

(責任の一端は……や、過半は俺にある。だから俺は、於弦と腹の子を守る)

与一郎は、宗衛門に手持ちの粒金をすべて与え、於弦を敦賀の実家へと送り届けるよう頼んだ。その折、秀吉が発行してくれた書付が役に立つだろう。

「な、於弦」

「……」

於弦が顔を上げて与一郎を見た。懐妊の所為《せい》か、少しばかり頰の辺りがふっくらとしているが、相変わらず美しい。

「経緯は経緯として、腹の子に罪はない。今後のことは、俺も相談にのるから、決して短気を起こさず、敦賀の親許で大事に子を産め」

「……か、かたじけのうございまする」

と、妊婦が涙を拭い、殊勝に平伏した。

禅寺からの帰途、宗衛門と別れて、主従三人きりで府中城への道を歩いた。弁造と左門が首を傾げてばかりいる。

「なんや？」

辛抱堪らず、与一郎が邪険に訊いた。

「於弦殿のことですが……」

「於弦がどうした？」

「殿、怒ったらいけませんぜ」

「怒らんからゆうてみい！」

苛々と答えた。言葉とは裏腹に、もうすでに、半分短気の虫が起こりかけている。心中で「主人道、主人道、主人道」と三回繰り返して怒りを封じ込んだ。

「あの娘、挙動が変ですわ」

「へ、変ってなんや？」

不自然に引き攣った笑顔で質した。陽が沈み、ちょうど薄暮の頃か。死臭の漂う府中の町をトボトボと歩き続けた。

「あれから左門とも話したんですが……於弦殿、嘘言ってまへんか？　手籠めにされたって本当やろか？」

「手籠めにされたなんて嘘を、若い娘がわざわざつくかいな」

「然様でござろうか？」

左門が話に割って入ってきた。

「己が得になるなら、嘘ぐらいなんぼでもつくのが女子《おなご》でござるよ」

と、兄貴分に同調した。

「おまいらには、女心とゆうものが分かっておらん」

「はあ、さいですかァ」

弁造が鼻白んだ体で応じた。

「そりゃ、女心に関しては、殿がよう分かっておいでだから、その点心配はしてませんけどな」

「う……」

強烈な皮肉を言われてしまった。そのくらいは分かる。

「ね、殿」

「ん？」

弁造が真顔で与一郎を覗き込んだ。

「もし於弦殿の言葉が嘘だとすれば、あることが確かめられると思いまする」

「あることってなんや？」

「於弦殿は、今も殿のことを慕っておられる、とゆうことですわ」

「阿呆ッ」

悪い冗談だとばかりに苦笑したが、弁造はいたって真剣である。

「もし、殿に対する未練が無ければ、堂々と『七里頼周に惚れた』と言えば済む話ですわ。なにも『手籠めにされた』なぞとあざとい嘘をつく必要はないはず」

「なるほどでござる」

左門が渋面《じゆうめん》で頷いた。

「あ、阿呆……」

今度の「阿呆」は少しだけ声が低くなった。

確かに、毒矢使いの於弦を手籠めにした後、七里頼周が無事に生きている方が謎である。なにせあの気性だ。あの腕前だ。手籠め男、無事では済むまい。

(弁造のゆう通り、手籠めが嘘だとすれば……とゆうことは)

与一郎が目を剝いた。

「それはつまり、七里に嫌々抱かれたわけではないとゆうことでもあるぞ。俺に想いを残しつつ、他の男に抱かれる？　意味が分からん」

於弦の人物像が、与一郎の中で音を立てて崩壊していく。

「ま、どうゆう事情があったのか、そこは分かりませんけどな。たとえば、夫婦約束を反故にした殿への当てつけとか？」

「な……」

「あ、当てつけでござるか……」

左門が思い詰めた様子で呟いた。

「なんぞ、七里との間で取引をしたのかも知れない。そこは分かりません。ただ、於弦殿は何らかの理由で、殿に想いを残しながらも七里頼周の囲われ者となった。そこだけは間違いないと思いますな」

「………」

夜道を、三人は無言で歩いた。十八日の歪な月が、東の方、両白山地《りようはくさんち》の部子山《へこやま》の辺りからゆっくりと顔を覗かせ始めていた。

「別に……」

ポツリと呟き、歩みを止めた。

「別に、嘘でもええやないか」

弁造と左門も、与一郎に倣い足を止めた。

「於弦は今や窮地にある。ただでさえ身重な上に、坊官の寵姫をあの信長が許すはずがない。捕らえられれば、辱《はずかし》めを受けた上に惨殺される。腹の中の子ごとだ。俺に小さな嘘をついて、それで心の安寧が少しでも得られるのなら、俺は素直に騙されてやろうと思うよ。大した苦労やないからな」

「なるほど……でござるな」

左門が驚いたように、主人の顔を覗き込んだ。

「ま、それでこそ我らが殿ですわ」

弁造が、溜息混じりに頷いた。

死臭漂う越前府中の通りに、月に照らされた三つの影が、長く長く尾を引いていた。

※本作はフィクションです。登場する人物・団体・
事件等は、実在のものとは必ずしも一致しません。

小学館文庫
好評既刊

姉川忠義
北近江合戦心得〈一〉

井原忠政

ISBN978-4-09-407211-2

姉川の合戦が、弓の名人・与一郎の初陣だった。父・遠藤喜右衛門が壮絶な戦死をとげてから三年、家督を継いだ与一郎と、郎党の大男・武原弁造は、主君・浅井長政率いる四百の兵とともに小谷城の小丸に籠っていた。長政には、三人の女子と二人の男児があった。信長は決して男児を許すまい。嫡男・万福丸を連れて落ち延びよ。長政の主命を受けた与一郎は、菊千代と改名させた万福丸を弟に仕立てて、小谷城を脱出する。目指すは敦賀、供は元山賊の頭目・武原弁造ただ一人。75万部を突破したベストセラー「三河雑兵心得」シリーズの姉妹篇第１作、ついにスタート！

小学館文庫
好評既刊

勘定侍 柳生真剣勝負〈一〉
召喚

上田秀人

ISBN978-4-09-406743-9

大坂一と言われる唐物問屋淡海《おうみ》屋の孫・一夜は、突然現れた柳生家の者に御家を救えと、無理やり召し出された。ことは、惣目付《そうめつけ》の柳生宗矩《むねのり》が老中・堀田加賀守《かがのかみ》より伝えられた、四千石の加増にはじまる。本禄と合わせて一万石、晴れて大名となった柳生家。が、大名を監察する惣目付が大名になっては都合が悪い。案の定、宗矩は役目を解かれ、監察される側に立たされてしまう。惣目付時代に買った恨みから、難癖をつけられぬよう宗矩が考えた秘策が一夜だったのだ。しかしなぜ召し出すのが商人なのか？　廻国中の柳生十兵衛も呼び戻されて。風雲急を告げる第１弾！

小学館文庫
好評既刊

土下座奉行

伊藤尋也

ISBN978-4-09-407251-8

廻り方同心の小野寺重吾はただならぬものを見てしまった。北町奉行所で土下座をする牧野駿河守《するがのかみ》成綱《なりつな》の姿だ。相手は歳といい、格といい、奉行よりうんと下に見える、どこぞの用人。なのになぜ土下座なのか？　情けないことこの上ない。しかし重吾は奉行の姿に見惚《みと》れていた。まるで茶道の名人か、あるいは剣の達人のする謝罪ではないか、と……。小悪を剣で斬る同心、大悪を土下座で斬る奉行の二人組が、江戸城内の派閥争いがからむ難事件「かんのん盗事件」「竹五郎河童《かっぱ》事件」に挑む！そしていま土下座の奥義が明かされる――能鷹隠《のうよういん》爪《そう》の剣戟《けんげき》捕物、ここに見参！

小学館文庫
好評既刊

八丁堀強妻物語

岡本さとる

ISBN978-4-09-407119-1

日本橋にある将軍家御用達の扇店〝善《ぜん》喜《き》堂《どう》〟の娘である千秋は、方々の大店から「是非うちの嫁に……」と声がかかるほどの人気者。ただ、どんな良縁が持ち込まれても、どこか物足りなさを感じ首を縦には振らなかった。そんなある日、千秋は常磐津の師匠の家に向かう道中で、八丁堀同心である芦川柳之助と出会い、その凜々しさに一目惚れをしてしまう。こうして心の底から恋うる相手にようやく出会えたのだったが、千秋には柳之助に絶対に言えない、ある秘密があり——。「取次屋栄三」「居酒屋お夏」の大人気作家が描く、涙あり笑いありの新たな夫婦捕物帳、開幕！

小学館文庫
好評既刊

てらこや青義堂
師匠、走る

今村翔吾

ISBN978-4-09-407182-5

明和七年、泰平の江戸日本橋で寺子屋の師匠をつとめる坂入十蔵は、かつては凄腕と怖れられた公儀隠密だった。貧しい御家人の息子・鉄之助、浪費癖のある呉服屋の息子・吉太郎、兵法ばかり学びたがる武家の娘・千織など、個性豊かな筆子に寄りそう十蔵の元に、将軍暗殺を企図する忍びの一団・宵闇が公儀隠密をも狙っているとの報せが届く。翌年、伊勢へお蔭参りに向かう筆子らに同道していた十蔵は、離縁していた妻・睦月の身にも宵闇の手が及ぶと知って妻の里へ走った。夫婦の愛、師弟の絆、手に汗握る結末――今村翔吾の原点ともいえる青春時代小説。

―――本書のプロフィール―――
本書は、小学館文庫のために書き下ろされた作品です。
協力　アップルシード・エージェンシー

小学館文庫

長《なが》篠《しの》忠《ちゅう》義《ぎ》

北《きた》近江《おうみ》合戦《かっせん》心得《こころえ》〈三〉

著者　井《い》原《はら》忠政《ただまさ》

二〇二三年十一月十二日　初版第一刷発行

発行人　石川和男

発行所　株式会社 小学館

〒一〇一-八〇〇一
東京都千代田区一ツ橋二-三-一
電話　編集〇三-三二三〇-五九五九
　　　販売〇三-五二八一-三五五五

印刷所――中央精版印刷株式会社

ISBN978-4-09-407310-2